情系黄蜂山

沈海清 著

天津出版传媒集团
百花文艺出版社

图书在版编目（CIP）数据

情系黄蜂山 / 沈海清著 . -- 天津 : 百花文艺出版社 , 2024.3
ISBN 978-7-5306-8794-9

Ⅰ . ①情… Ⅱ . ①沈… Ⅲ . ①故事 – 作品集 – 中国 – 当代 Ⅳ . ① I247.8

中国国家版本馆 CIP 数据核字 (2024) 第 058222 号

情系黄蜂山
QINGXI HUANGFENGSHAN
沈海清　著

出 版 人：薛印胜
责任编辑：郑　爽
策划编辑：吴秀娟
装帧设计：悟阅文化
出版发行：百花文艺出版社
地址：天津市和平区西康路 35 号　**邮编：**300051
电话传真：+86-22-23332651（发行部）
+86-22-23332656（总编室）
+86-22-23332478（邮购部）
网址：http://www.baihuawenyi.com
印刷：成都市兴雅致印务有限责任公司
开本：880 毫米 ×1230 毫米　1/32
字数：145 千字
印张：7
版次：2024 年 3 月第 1 版
印次：2024 年 3 月第 1 次印刷
定价：69.00 元

如有印装质量问题，请与成都市兴雅致印务有限责任公司联系调换
地址：成都市金牛区沙河源街道陆家桥社区
电话：028-83181689
邮编：610000

序

因为我担任个中国民间文艺家协会（后简称民协）故事委员会副主任一职，故事界的好多朋友似乎还真把我当回事。有些要我担任入会介绍人，有些要我推荐参加省、市作品评奖，还有不少朋友，希望我在故事比赛和发表上给予关注。

其实，我也是从一个普通作者走来的，涉足于故事之路，亲身感受其中的艰辛，所以让我对故事作者有了更多的理解。

我在金山这个号称故事之乡的地方，照理学故事、写故事应该会有得天独厚的优势。但对我来说，一切都并不那么简单。因为，某些先我之辈——在故事圈有点影响的所谓“故事家”，很不愿被后起之秀超越。更有甚者，把这个故事品牌视为其个人的奶酪，谁要想在这上面触碰到了他们早已自我圈定的利益，简直可比作是在动他们的身家性命，在这样的氛围之下，普通的年轻作者，怎么可能顺畅地冒出头来？

二十世纪八十年代，金山曾经有个以科普为主题的故事大赛，我写了一篇《白甲鱼传奇》参赛，但是，因为没有更好的作品，这个大赛就来了个一等奖空缺，给了我个二等奖，这也是我在那个时期在金山故事大赛中获得的最高的奖了。当时，我深切地感到，在金山故事比赛中要想争个一等奖，简直比蜀道还难。后来，我获得中国民间文艺最高奖“山花奖”的作品《墙壁为谁留》在当时金山区的故事比赛中，仅仅得了个三等奖。由此，我戏言，金山故事的水平就是牛。

枫泾是中国故事基地，我的根在枫泾。我很感谢枫泾的领导让我退而不休，让我作为故事人、作为金山区民间文艺家协会主席，有机会继续为枫泾文化发光发热，但作为中国民协故事委员会副主任，我的重心只能更多地放到中国故事的发展和繁荣上。

中国的故事界，名家众多。我从一个普通作者，能走进中国故事的较高管理部门——中国民协故事委员会，成为中国民协故事委员会的副主任，是领导对我的认可，也是我修来的缘。在这个岗位上，来自全国各地的故事作者让我指点作品，出版作品集让我题个词、写个序，也确实不少。我知道，这不是我的水平有多高，主要是冲着我中国民协故事委员会副主任、国家级杂志《民间文学》副主编的虚名罢了。实话说，我一介老夫，精力与水平都很有限，分析一下故事的优劣还可装模作样，但要煞有介事地以所谓专家的身份来为作者们的作品集写序，实属胆大妄为。但是，人有时往往会不自量力，总会不怕贻笑大方而为之。像海清兄这次又要出版一部故事专著，非要让我来作序，我竟然胆大妄为而应允，就是一例。

海清兄是故事界素有盛名的故事家，但他一直尊称我为兄。在与嘉兴民协和桐乡故事作者的交流中，我曾多次做故事创作讲座，经常引用他的作品来说明故事该用的结构、技巧，他总是谦逊地听我胡侃。每当这个时候，我总是心中发虚，我多次与他笑言：“海清兄，你最好还是回避吧，你来听我的所谓讲座，我怎么有一种你好像是要来砸我场子的感觉。”

海清写故事的时间比我要早，他的好多作品，在故事界有很大影响。这本集子里收录的作品，许多都是在各类大赛中获奖以及广为流传的名篇佳作。如果让我来分析他的作品，我真不敢妄为，他的作品，构思巧妙，取材新颖，手法娴熟，细节扎实，情节跌宕起伏，结尾出人意料。这里，我不一一列举，同仁们自己看了就知道，这绝对不是我对他的奉承和吹捧。

海清至今已发表了六百多篇故事作品，几乎在全国所有的故事期刊上都能见到他的佳作。我常说，一个故事作者，创作的高峰期一般也就五六年，但像海清兄这样坚持几十年仍佳作迭出，在全国也是不多见的。更难能可贵的是，他不仅笔耕不辍，还把他的故事创作之“手艺”传给了他的儿子沈一。那天，我去桐乡交流，桐乡民协的领导给了我一大沓故事作品，我当作作业拿回了家，我看了以后，对其中的一篇作品很看好，该作品视角独特、手法老练，我稍提了一点修改意见，然后说：“这个作品，不要外投，我们《民间文学》要了。”结果，桐乡民协领导告诉我，这是沈海清儿子沈一的作品。我当即与海清兄联系，说：“海清兄，我毙过你不少稿，但想不到你们父子齐上阵了，以我的眼光看，你儿子很有可能会在故事创作上超越你。”

感谢海清兄对我的看重，让我为他的作品集写序，我也因此借机把心中积聚已久的一些想法一吐为快。祝愿海清兄艺术之树长青，我更希望海清兄的儿子沈一，在故事之路上尽快超越他那位在中国故事界声名显赫的父亲——沈海清。

中国民协故事委员会副主任　郁林兴

2023年12月16日

Contents 目录

廉政清风

乡村振兴

凡人小事

人间真情

廉政清风

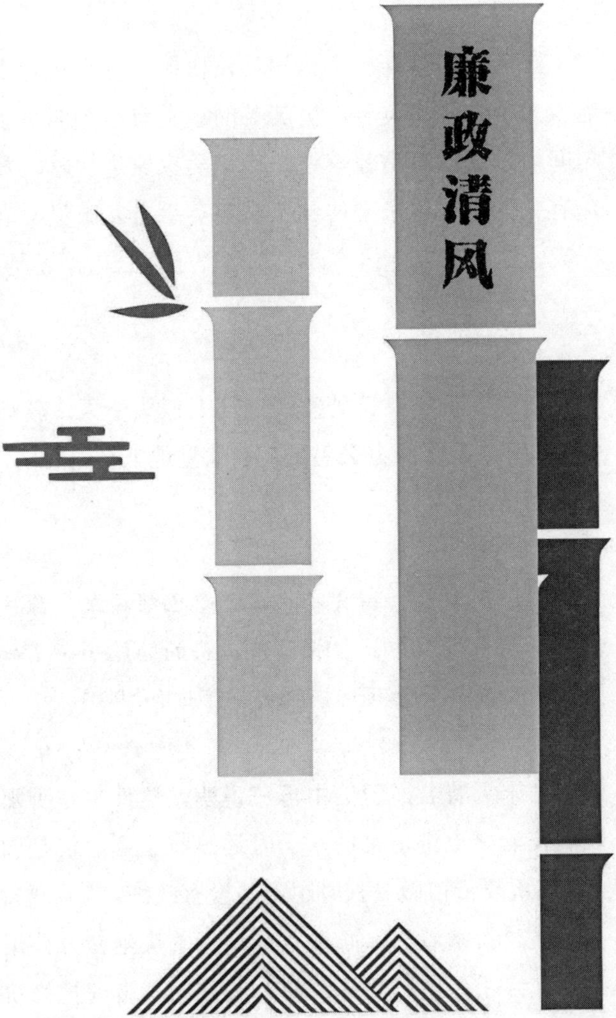

吴氏传家宝

江南古运河畔有个梧桐县，梧桐县有个乌青乡，乌青乡有位老太太，名叫吴英英，吴英英的祖上有一个叫吴子瑞的人，民国年间做过浙江海防督察使。后来吴家家道中落，却被盛传与吴子瑞有关的一件传家宝传到了吴英英手上。眼见吴老太太一天老似一天，这传家宝会传给谁呢？是养子夏云甫，还是亲子吴建新？

一

乌青乡新任乡长吴建新走马上任头一天，就遇到了一件让他棘手的事。他推开办公室的门，就见地上有一封信，捡起来拆开，信上写道：

> 吴乡长，乌青乡扶贫公路已经竣工，原乡长夏云甫在施工承包过程中，曾收了包工头的贿赂……不知吴乡长能否从乡财政、交管等部门证实一下这件事……

信末无署名，但信中再三说明，这件事是听那个包工头喝醉酒后在酒桌上讲出来的，一时还没有证据，仅是向乡领导提供线索，何况夏云甫做乡长时也不是没有政绩，现在被提拔到县里了。

吴建新拿着信，心烦意乱，闷着头坐在办公桌前抽了好几根香烟。终于，他一咬牙，叫有关部门负责人把修筑扶贫公路的相关资料取来。

果然，他看出了问题：有些原材料开价过高，有些是乡民的义务工，却付出了工资，等等。看来，这封信反映的事绝不是空穴来风。

吴建新心事重重地回到家，母亲吴英英见他一副忧郁的模样，便问他有什么心事。望着一生辛劳、满脸皱纹的老母亲，吴建新怎么忍心把那封举报信的事告诉她，便敷衍道："妈，没什么事，只是有点累。"

但当晚，吴建新还是忍不住把举报信的事告诉了妻子罗玲玲。

第二天一早，吴建新刚走出房间，只见母亲板着脸坐在厅屋里，他不由心里一沉，正要问母亲有什么事，吴英英先开了口："你别瞒我了，你昨晚和媳妇说的话我都听到了，云甫他暗里拿包工头的钱，就是犯罪啊！建新，你知道，云甫他……他可是地下党的后代啊！"

二

中华人民共和国成立前，乌青乡一带天高皇帝远，自然成了土匪的聚集之地，其中有个叫花利兴的土匪头子，人称"花老虎"，他烧杀抢劫、绑架奸淫，狠毒凶残，无恶不作。

一天上午，"花老虎"的勤务兵拎了面破锣，边敲锣边大声吆喝："本部三天前在岔路口抓到有共产党嫌疑的奸细一名，他说是来乌青乡投亲的，各位乡民请在中午时分到血印寺认领保释，逾时即以共产党奸细处决！"

当时年仅十六岁的吴英英正好往血印寺赶集市，听了"花老虎"勤务兵的吆喝，不由心里"咯噔"一下，心想这"花老虎"又在作孽了，便随村上一些看热闹的人去了血印寺。

来到血印寺，只见大殿柱子上吊着一个十七八岁的小伙子。小伙子长得眉清目秀，一脸斯文，虽然被反绑着双手，但仍仰着头，一双眼睛不住地在前来观看的人群中扫视。当他的眼光和吴英英的眼光一碰上，他便紧紧地盯住不动了，那火辣辣的眼光，直盯得吴英英满脸绯红。吴英英一阵羞涩，身不由已地往后退了几步，但看着小伙子那祈盼的目光，双脚又不由自主地停住了。

啪，啪……几声爆竹响，午时已到，“花老虎”的勤务兵点燃了两只充作催命炮的爆竹，马上就要行刑了。

吴英英咬咬牙，一甩胸前的辫子，一步步走向前去：“我来保他！”

坐在一张太师椅上的“花老虎”猛地灌下一口酒，瞪着一双血红的三角眼，盯着俊俏的吴英英，“嘿嘿”笑了两声，问道：“你来保他，他是你什么人？”

吴英英的脸更红了，没来得及细想，一咬牙高声道：“他是我男人！”

“花老虎”瞪着淫邪的眼睛：“你男人？嘿，这小子艳福还真不浅呢！不过，你知不知道，保释一个人可要这个数！”说着，伸出右手晃了晃。

吴英英一路小跑回到家，把家里唯一的一头猪赶到了血印寺。

吴英英救下的小伙子名叫夏继生，是中共地下党的情报员，他从“花老虎”那儿脱险后，把情报送到了一路南下的解放军手中。解放军根据掌握的情报，兵分三路，包围了“花老虎”藏身的血印寺，一场激战后，全歼了“花老虎”的土匪部队。

战斗结束后，夏继生赶到吴家，准备感谢救命恩人，但他看到的只是一张吴英英的手绘遗像。吴英英的父亲噙着眼泪告诉他，吴英英披头散发从血印寺出来后，就一头跳进了大运河，那正是桃花汛时节，水深浪大，吴家雇人打捞，但连个尸体也没打捞到。

夏继生悲痛之余，跪在吴英英遗像前叩了三个头，就跟着解放军南下了。半年后，他在解放一江山岛的战斗中负伤，退伍回到梧桐县，竟得知吴英英并没有死。原来她投运河后，被湍急的河水冲到了北沙渚塘，被一个捉鱼的青年人救起，不久，吴家就招这位忠厚老实的小伙子做了上门女婿。

后来，夏继生也结了婚，不久，妻子因难产去世了，好在儿子得救了。几年后，夏继生旧伤复发，一病不起，临终前，将不足三岁的儿子夏云甫托付给了吴英英，吴英英开始抚养夏云甫和自己的儿子吴建新两个孩子。

三

啪，啪……村西传来的几声脆响的爆竹声，把吴英英老太太从回忆中惊醒。她知道，那是夏云甫的媳妇李霞在放爆竹，这几天夏云甫正在省委党校学习，回来就要到县委报到。但这时的爆竹声，却仿佛变成了五十年前“花老虎”对夏继生行刑的催命炮。吴英英不由喃喃道：“云甫收包工头的钱，我没有教育好他，我没有尽到责任啊！要救他，一定要救他……”

吴建新见母亲一副痴痴呆呆的样子，说：“妈，能救云甫哥的，只有一个办法，就是让他去自首，去退钱！”

吴英英打电话给李霞，李霞回来问明情由，不高兴地说：“你让他去退钱，那不是害了云甫的前程吗？当年你用一头猪，换了云甫他爸一条命，父债子还，天经地义，你说，这头猪如今连本带利值多少钱？”

吴英英道：“父债子还？你以为这是能用钱还得了的吗？”

“那你说，要用什么来还？难道一定要让云甫丢了官、进了牢房才算还了账？你养育云甫一场，也要为云甫想一想！”说着，拿出一沓钱，“这里是五千元钱，买你那头猪该够了吧！”

吴英英伤心地闭上了眼睛，自己和夏云甫父亲的关系，岂止是一头猪那么简单哪！那是令她终身屈辱的一天。那天，当她赶着猪来到血印寺，“花老虎”这个畜生就把她拖到血印寺后殿，当着一堆佛像将她强暴了，夺走了她的女儿身。

猛然，吴英英睁开眼睛，盯着李霞，一字一句地说：“阿霞，说起还债，云甫他爸夏继生早已还清了！三年严重困难的时候，夏继生每月都给咱们家送来五斤糙米，那时候，米比金子还贵呀！那一年开春，我忽然接到城里来的口信，说夏继生家有急事，要我马上去一趟，等我赶到夏继生家，只见夏继生躺在床上，瘦得皮包骨头，已是奄奄一息了，他是饿成这样的呀。夏继生把国家每月补贴他的五斤糙米全部送到了我家，自己挖草根、剥树皮，有一口吃的，也要让给云甫，自己终于饿倒了，加上旧伤复发……就这样闭上了眼睛。”

吴英英捋着花白的头发，平静地对李霞说：“你把钱带回去吧，有些东西，用钱是买不到的！做人要有天理良心，当年我救夏继生，也没有想在几十年以后，让他的后人来还债！再说，当初那份情，也不是你们做后辈的能明白的！”

李霞悻悻地收起钱，瞟了一眼吴建新，又道：“建新兄弟，你可别忘了，你这个乡长是云甫给你举荐的！不过你放心，咱妈手上那件传家宝，是无价之宝，虽说按规矩只传长子，但云甫是外姓人，终究还是要传给你的！你也别嫌你这个异姓哥哥碍手碍脚！”

吴英英见李霞越说越不像话，便道：“云甫有前程，我也高兴，至于那件传家宝，我会按祖上的规矩办的！但不管怎么说，我们一定要规规矩矩、清清白白做人！”

李霞见婆婆还不肯放过夏云甫，便一跺脚：“哪儿有那么多的规矩和清白……”

“是我的儿子就要有规矩！”吴英英猛地一声喝，打断了李霞的话，“是我的儿子，就一定要白天走在朝天大路上，晚上躺在自家棉床上！”

李霞想不到婆婆这般倔，也恼火道：“好，好！反正我们不自首，你去举报好了，不过，我告诉你，人家送的礼都是我经手的，和云甫没关系，要坐牢我去！”说罢就要出门。

“回来！”吴英英再也忍不住了，怒吼一声，一掌拍在了桌子上。

李霞从来没有见过婆婆发这么大的火，不由吓得浑身一哆嗦，转身站到了吴英英面前。吴英英噙着眼泪，端详了李霞好一会儿，才缓缓地道：“阿霞，云甫去自首后，就是丢了官，我们心里也踏实了！”

李霞冷笑一声：“云甫不是你亲生的，你当然无所谓！”

几颗泪珠终于从吴英英满是皱纹的脸上淌了下来，她说：“阿霞，不管是不是我亲生的，他只要敢拿昧心钱、害人钱，我就不允许！我虽然是个乡下老婆子，没见过大世面，但做人的道理我懂，你看历朝历代哪一个贪官有好下场！”

李霞尖着嗓子喊道：“如果云甫是你的亲生儿子，你会逼他去自首吗？你们是怕云甫争那件传家宝，你们心里有鬼！”

吴英英用手绢擦着眼泪，顿了一会儿，说：“阿霞，事到如今，我也不瞒你们了，云甫其实是我的亲生儿子，建新才是夏继生的儿子！”

一听这话，大家都大吃一惊。

原来，夏继生死后，吴英英把夏云甫带回村，她看着两个不足三岁、面黄肌瘦的孩子，心里一阵阵难过。而乌青乡一带有个不好的习惯，就是看不起同村的外族外姓人。为了不让夏云甫被别的孩子欺侮，吴英英偷偷把吴建新和夏云甫的名字互换了，这一换就是整整四十年，它一直是吴英英心中的一个秘密，这个秘密本来是可以隐瞒下去的，但事到如今，她不得不说了。

四

这天，正在省委党校学习的夏云甫忽然接到吴建新的电话，说母亲要交代传家宝的事，要他回家一趟。夏云甫吃了一惊，他知道，母亲不是得了急病，就是发生了什么不测，否则是不会提传家宝的事的。他连忙请了假，急急赶回乌青乡。

夏云甫一进门，只见母亲好端端地坐在家里，便疑惑地问道：“妈，您叫我回来，有什么事？”

吴英英端详着夏云甫，叹了一口气，说：“甫儿，你的身世我已经和阿霞说明了，你虽然姓夏，其实是我吴家的长子，我现在就把吴家的传家宝交给你！”

没等夏云甫回过神来，吴英英就颤巍巍地起身往里屋走去，就在这一刹那间，夏云甫和吴建新不约而同地发现，他们的母亲仿佛一下子变得苍老了。

不一会儿，吴英英捧着一只小檀木盒子回到了外屋，把它轻轻地放到了两个儿子的面前，又用一把小铜钥匙打开盒子上的锁，掀开盖子，盒子里放着两卷宣纸。夏云甫和吴建新看见那两卷宣纸已经微微发黄，确是有些年代了。

吴英英哆哆嗦嗦地取出一卷宣纸摊到桌子上，用双手轻轻抚平，只见那一尺长、八寸宽的宣纸上，从右至左竖写着几行正楷毛笔字，第一行开头三个字上，还被勾了暗红色的一笔，左下端的年月日上面，盖着一枚血红色方印章，那血红色已显得有些暗淡模糊。夏云甫和吴建新仔细去看那几行字，不看不打紧，一看心一颤。

吴英英一双眼睛盯着夏云甫："云甫，你，把纸上的字念一遍！"

夏云甫颤抖着双手，拿过这张宣纸，轻声念道："查吴子瑞，曾担任浙江海防督察使一职，其在任上，不思报效国家，却利用修筑海堤，和地方劣绅串通一气，大肆贪污筑堤经费，中饱私囊，偷工减料，致使海堤坍塌……沿海被淹良田无数，死人逾万……经过调查核实，吴子瑞对所犯罪行供认不讳……按国民政府法律，判处吴子瑞死刑……"

原来，这张宣纸，竟是国民政府判决原浙江海防督察使吴子瑞死刑的执行书。

夏云甫立在那，呆了半晌，才不解地问："这就是我们吴家祖上传下来的宝贝？"

吴英英点了点头，又拿出另一卷宣纸，摊到桌子上，轻轻抚平，说："云甫，这一张纸，你也念一遍！"

这时的夏云甫，脑子里已经是一片空白，他念道："……子瑞自追随先总理，出生入死，推翻清廷……想不到担任要职后，竟堕落至此……以致犯下滔天大罪……至今悔已不及……人无来生，吾死以后，只求吴家后人，凡一旦为官者，皆要以吾为鉴，万不能滋生贪念。罪人吴子瑞绝笔……"

夏云甫望着母亲，问："妈，这……这是先祖受刑前的遗嘱？"

"是啊，你们父亲临终前，将这传家之物交给我，他说：'吴氏一族，虽不曾大富大贵，但亦清白传世，自民国初年出了吴子瑞这个贪官后，我吴氏一族从此就败落了，祖上将这份国民政府的判决书和吴子瑞受刑前的忏悔书保留下来，作为传家宝，是为了告诫后人，一旦为官，须要以此为鉴。’今天，建新当上了乡长，你也调到了县委，官不大，但也能管一方人。可早知道你有敢贪的一天，我就该早些把这份传家之物交到你们兄弟手上！”吴英英抹一把泪水，又说，“不过，现在传给你们，但愿，还不算太晚！”

“妈！”夏云甫双膝一软，一下子跪在了吴英英面前，悔恨万分地呜咽着说，“儿子错了！”

代理县长

古城县是一座千年古城，有着丰富的旅游资源，三年前，古城南栅开发成功，吸引了大批中外游客，古城县因此被评上了全国优秀旅游城市。县长也被安排到省委党校学习，临走时，县长还主持了一个工作会议，强调要加大旅游开发力度，继续开发北栅，扩大旅游资源。

要开发北栅，就要拆除一批有碍景观的房子，建造一批能增添旅游气息的景物，但要拆迁民居成了一个大难题。世代居住在北栅的居民，坚决不肯在拆迁协议上签字，这下可把城建局局长邬铁城和旅游开发公司总经理莫大胖子急坏了。邬铁城和莫大胖子商量了好半天，最后决定拿出三年前拆迁南栅的那个办法来。

三年前，拆迁南栅时，南栅的居民也不肯在拆迁协议上签字，最后，邬铁城直接率领两台推土机来拆南栅。

为此，邬铁城还因为“有魄力”而受到了表彰。

于是，邬铁城和莫大胖子故伎重演。果然，当推土机压到人群面前时，大家惊恐地一哄而散，逃了开去，但有两位七十多岁的老人却站在自家的老屋前不动。这两位老人是一对夫妻，他们面对轰隆轰隆坦克一样压过来的推土机，丝毫不畏惧，两双手紧紧地握在一起。

猛然，传来一声怒喝：“停下！”

邬铁城吃了一惊，仔细一看，拦在推土机前的是一个三十多岁的高个子，他浓眉大眼，一双愤怒的眼睛仿佛要冒出火来。

邬铁城想不到这个节骨眼上竟然有人跳出来坏了他的大事，不由大怒道：“你是什么人？竟敢阻拦人民政府施工！”

高个子反问道：“你口口声声说‘人民政府施工’，人民政府有把推土机往人民身上轧的吗？”

邬铁城怒道：“他们破坏政府正常施工，我正要叫城管把他们抓起来，你再要阻拦施工，连你也一起抓！”

这时，有人凑到邬铁城耳朵边，低声道：“邬局长，他是新来的代理县长焦为民。”

邬铁城一听，不由傻了眼，他本来想趁代理县长到来之前把这件事解决掉，想不到代理县长第一天报到不到县政府，而是直接来到了拆迁现场。顿时邬铁城像被卖肉的抽去了腿骨头，双腿打战，差点瘫在了地上。

这时，周围的居民一听那个帮他们阻挡推土机的高个子是新来的县长，一下子把他围住了。

焦为民原是市纪委副书记，因为古城县县委书记调到市里，县长上省委党校学习，而古城县人大会议要到下个月底才召开，市里准备新派一位县长候选人下去，因一时没有合适的人选，便让焦为民到古城县代理一个月县长，等下一届人大会议召开时，市里再派一位县长候选人下去。焦为民接受了代理县长职务后，就开始关心古城县的一些事，前几天他听说古城县北栅的拆迁工作有一些麻烦，所以今天他来古城县报到，没到县政府，而是让司机直接把车开到了北栅，没想到正好碰到了推土机轧人这件事，便阻止了这一桩差点发生的流血事件。

郐铁城带着推土机走后，焦为民在北栅一直待到了傍晚，直到司机告诉大家焦县长还没吃晚饭，大家有什么事，明天到县政府找他。焦为民却摇了摇头，笑道："不，别让大家到县政府来了，我知道大家都有话要跟我这个代理县长说，明天大家就是到了县政府，也不可能一下子进来那么多人。这样吧，明天上午我要开一个工作会议，明天下午，我自己到北栅来，听听大家对北栅拆迁有什么意见，大家有什么话明天说不完，后天我会再来，听大家继续说！"

第二天上午，焦为民主持了他上任后的第一个工作会议，主要是研究北栅拆迁的事。会上，郐铁城气呼呼地抱怨道："古城县刚刚被评上全国优秀旅游城市，我们准备趁热打铁，发展旅游业，开发古城北栅，但那些老百姓却一点也不体谅政府的难处！处处和政府作对，是一群不合格的市民！"

焦为民一双眼睛盯着郐铁城，直盯得郐铁城心里发虚。焦为民正色道："郐局长，请你说话掌握分寸，在我们中国，没有不合格的老百姓，只有不合格的干部！"

郐铁城见焦为民发火，心里不由有些发怵，便硬着头皮道："焦县长，开发旅游业，拆迁北栅居民的老房子，这可是集体做出的决定，当时，我们这里在座的可都是举手同意的！”

焦为民正色道：“不管是谁做出的决定，都不允许损害老百姓的利益！”

邬铁城还不甘心，讷讷地道：“城建局可是和旅游开发公司签订了拆迁协议的，如果拆迁误了期，政府可要赔偿一大笔违约金！”

焦为民冷冷地道：“只要我们工作做到家，就没有解决不了的问题！”

会议一结束，邬铁城就给旅游开发公司总经理莫大胖子打了一个电话，莫大胖子便急匆匆赶到邬铁城的办公室，邬铁城告诉他，刚上任的代理县长焦为民不同意北栅硬拆硬迁。

莫大胖子一听，急了：“邬局长，我们可是签了协议的！”

邬铁城无奈地道：“你先忍一忍，我早就听说，姓焦的是个铁面无私的人物，眼见为实，我今天算是领教了。好在他只不过是代理县长，只代理一个月，等到下个月底，人大会议一召开，他就要走人，北栅拆迁的事，到时还不是由我说了算！”

莫大胖子急得头上油、汗直冒：“推迟一天，我在银行里的贷款利息就是几十万哪！如果要推迟一个月，这不是要了我的老命嘛！”

邬铁城忽然眼睛骨碌碌一转，说：“我有办法了！”便附在莫大胖子耳边嘀咕了几句，莫大胖子犹豫地问道：“这，怕不行吧？”

邬铁城道：“我说莫大胖子，你在这道上混到今天，给人送礼绝对不止十次二十次了吧，想想有谁拒收过你的礼？”

莫大胖子一听，嘻嘻地笑道：“是啊！”

邬铁城笑道：“那你还怕什么？”

莫大胖子道："好，那我就照你的办法，去找这位代理县长试一试！"

莫大胖子走后，邬铁城心里暗笑：姓焦的，我看你这只猫到底吃不吃腥！只要你一收莫大胖子的礼，你就得帮莫大胖子做事，如果再敢帮那群刁民说话，我邬铁城就要你好看！

果然，邬铁城得知，这几天焦为民成天待在北栅，在做居民的工作。他连忙一个电话打给莫大胖子，问他那件"事"进行得怎么样了。莫大胖子在电话里乐呵呵地告诉他："成功，一切顺利！"

邬铁城心里更乐了：这姓焦的果真收了莫大胖子的贿赂，要不，他也不会成天泡在北栅做那帮刁民的工作！不过，你姓焦的也太小看这帮刁民了，他们怎么会听你的话？嘿嘿，到时，还不是得由我邬铁城出马，用推土机解决问题！

于是，邬铁城让推土机暗暗做好准备，随时准备出发。

三天后的一个上午，焦为民主持召开了一次县长办公会议，县长办公会议一结束，下午又召开了北栅拆迁工作会议，会议上，焦为民对邬铁城说，上午的县长办公会议上，决定对北栅原来的拆迁计划做一些修改，要邬铁城按照新的计划和北栅居民签署拆迁协议。

原来，焦为民这几天在北栅和居民聊天，得知居住在这些老房子里的都是些老年人，年轻人全都居住到新房子里去了，因这些老房子都是二十世纪三四十年代建造的，设施不完善，生活条件很差，而这些老年人因为和居住了几十年的老房子有感情，才舍不得离开。

那天携手拼死挡在推土机前的那对老夫妻，老先生姓伍，夫妻两人都是退休教师，伍老先生就出生在这间老屋里，在这里娶妻生子，已经居住了七十多年。

伍老先生告诉焦县长，他们在这间房子住了那么多年，除了对这房子有感情，主要的是因为这间房子解放以前曾经是中共地下党古城县委的一个联络点，当年，他父亲在临街的底楼开着一家杂货铺，楼上是卧室，中共地下党古城县委经常在这里开会。“当时我才十三四岁，地下党在我家楼上开会时，我就在门外望风。一九四九年五月，中共地下党古城县委就是在这里商量怎样策反驻守古城县的国民党军队一个团起义，使古城和平解放。这间老房子，曾经见证了古城县的新生！如今，城建局说拆迁就拆迁，也不好好做工作，动不动就断水断电出动推土机，我们接受不了啊！”

还有人向焦为民提出，他们原来住在靠街的屋子里，在家门前摆个小摊做做小生意，如今一拆迁，这生意不能做了，向城建局提出来后，城建局的邬局长不但不解决，还串通工商部门，把居民的营业执照给吊销了！所以他们才豁出去了，和城建局、旅游开发公司的拆迁队对着干。

焦为民经过几天的了解，基本掌握了情况，同时，他也觉得，作为一个旅游景区，如果没有居民居住，就显得太商业化了，那么一到晚上，游客一走、商铺一关，就成了一座死城。

于是，焦为民在县长办公会上和其他几位副县长商量后决定，政府开发旅游业，是发展第三产业，这些房子经过整修后，如果居民愿意回来居住的，就让他们回来，对于部分生活有困难的，还可以在景区做一些有地方特色的小商品生意。而伍老先生的那间老房子——当年中共地下党古城县委的联络点，一定要保存下来，作为“青少年爱国主义教育基地”。

于是，没几天时间，北栅的拆迁协议全部签署。

眨眼一个月过去，到了召开人大会议的日子，按会议程序，在人大会上选出了县政府新一届的领导班子后，焦为民就完成了代理县长的职责。

人大会议按程序进行，但谁也没有想到选举结果，连县长候选人也不是的焦为民竟以绝对优势票数当选为县长，这个结果出来，大家似乎并不觉得突然。

正在这时，邬铁城被检察院“请”了进去，因为他利用城建局局长的职权借旅游开发、房屋拆迁的机会，大肆受贿，检察院要他接受调查。

邬铁城见自己的罪行败露，便气急败坏地叫道：“我要检举，我要揭发！焦为民也曾收过莫大胖子的贿赂，怎么反而当了县长！”

办案人员见邬铁城一副狗急跳墙的样子，冷冷地告诉他：“莫大胖子为了北栅拆迁的事，确实向焦为民行贿，焦为民收到莫大胖子行贿的钱物后，马上交给了县纪委，有关部门正是根据这些线索，以行贿嫌疑传讯了莫大胖子，莫大胖子才交代了他曾多次向你行贿的犯罪事实。”

邬铁城想不到事情的结果是这样的，不由哀叹了一声，低下了脑袋。

人大会议上，全体代表向新当选的古城县县长焦为民表示祝贺。最后，按照大会程序，焦为民做就职演讲，但焦为民只说了两句话：“只要心里装着老百姓，不管是代理，还是正式当选，都会为老百姓办实事！”

会场上响起了长时间的掌声。

一幅《红梅图》

江南古运河畔有个河干县，县委书记姓焦，叫焦为民，焦书记虽然是官场中人，但爱好书法、画画，平时忙里偷闲，就要动动笔，写几张字，画几幅画，而且特别喜欢画梅花。

焦为民的家就在古运河边上，那是一幢独家庭院，他从学校毕业被分配到河干县工作后，就一直住在这里，院子里种着一株梅树，那是焦为民住到这幢房子后，特意种下的一株红梅。后来，焦为民曾有几次搬迁新房的机会，但为了那株红梅，他都不愿搬迁，一家人一直住在这幢老房子里。

每当立冬过后，梅叶尽落，等到西风骤起，铁铸般的梅枝便开始冒出花蕾来，起初很小、很稀，渐渐地才多了起来。待腊月到、朔风吹，梅花便霎时盛开了，一朵朵、一簇簇……焦为民就会铺开宣纸照着寒风里的梅花画，虽然画画的水平还达不到炉火纯青的地步，但捭阖纵放、疏密有致，很有几分气势，更有一股刚正的风骨。

那天夜里，北风呼啸，下了一场鹅毛大雪，第二天一早，大雪初霁，焦为民见小院中一片洁白，那株红梅竟然冒雪绽放，一片灿烂。

“好一幅‘雪里红梅图’！”焦为民不由大喜，便把院中小石桌上的积雪清扫干净，又煮了一壶菊花茶，摆在小石桌上，然后磨了一砚墨，铺开一张宣纸。

焦为民对着雪景，正要作画，这时，家里来了一位客人。

客人名叫吴慕祖，是城郊超峰村人，六十多岁的年纪。吴慕祖二十二岁那年，因外面传说他家里藏有一幅吴昌硕的墨宝《红梅图》，当时生产大队的汪小骏为了得到这幅《红梅图》，几次找吴慕祖，威胁他，逼他交出《红梅图》。

吴慕祖本来就不齿汪小骏的为人，怎么肯把祖上的传家宝给他，便告诉汪小骏说："这幅《红梅图》是我吴家的传家宝，怎么能轻易送人？"

汪小骏就诬陷吴慕祖，把他关了起来，百般折磨，要他交出《红梅图》，但吴慕祖宁死也不肯交出祖传的《红梅图》，说："像你这样的人品，是没有资格得到这幅《红梅图》的，我就是死了，也要把这幅画垫在棺材底！"

后来，刚从大学毕业的焦为民被分配到了河干县委组织部，和组织部其他几个干部一起，受县委的委托，负责为一些冤案、假案平反。在调查中，焦为民发现了吴慕祖的冤案，于是焦为民帮他洗清了冤屈，吴慕祖洗脱冤屈回到家，但吴慕祖已被折磨得浑身是病，身体不好，焦为民便经常下乡帮助他。

焦为民担任县委书记后，曾号召县委、县政府所属各局、委、办结对贫困户，用"百局联百村，干部联农户"的方式，发动村民因地制宜，或种水果，或搞养殖，帮许多贫困农民脱了贫。他自己也和吴慕祖结成了帮扶对子。他知道吴慕祖当年是生产队饲养员出身，擅长养湖羊，而运河两岸水草丰茂，于是帮他在信用社贷了一笔款，办起了一个湖羊养殖场，吴慕祖把一群湖羊饲养得又肥又壮，剪羊毛、卖羊肉，很快发家致富，还带动了其他村民。焦为民经常到乡下吴慕祖的养殖场去看看，吴慕祖也常常到城里焦书记家来坐坐。

见吴慕祖来了，焦为民放下手中的毛笔，让他在那张石桌前坐下，端起茶壶为他倒了一杯茶，两人就聊了起来。

焦为民记挂着吴慕祖的养殖场，问道：“老吴啊，春节前有一批湖羊出栏了吧？现在可得把饲料买进来，等春节后再让食品公司来购一批。”

吴慕祖手捧茶杯，心不在焉地应答着。

焦为民发现，今天吴慕祖仿佛有什么心事似的，和他说话，也是有一句没一句的，便关心地问道：“老吴啊，你好像有什么心事啊。”

吴慕祖支支吾吾了好一会儿，终于鼓起劲道：“焦书记，我听外面有人在传说，说您……说您这个县委书记被免了？”

焦为民一听，不由哈哈笑了起来，道：“老吴啊，这可不是传说，那是真的，不过，不是被免，而是要退下来了！”

吴幕祖吃惊地问：“焦书记，好好的，为什么要退下来？”

焦为民笑道：“一个月后，也就是春节过后，我们河干县就要召开党代会，要选举新的县委领导班子，我呢，由于年龄的关系，自然要退下来了。”

吴慕祖站起身，道：“焦书记，您……您真的要退下来了？”

焦为民笑道：“是啊，我们都老了，应该让年轻人上来了。”

吴慕祖这才舒出一口气，说：“对，这些年为了我们脱贫致富，焦书记太辛苦了，是该歇歇了！”说着，忽然孩子般红了脸，他瑟瑟地从包里掏出一个小布袋来，边打开布袋边道，“焦书记，这么些年来，我多亏了您，才有今天，我一直想好好感谢您，但您在县委书记的任上，我不敢把这东西拿出来，怕您说我行贿。如今，您要退下来了，我才壮着胆给您送来了，请您一定要收下啊！”

焦为民哈哈笑道：“老吴啊，看你说的，给我送了什么礼啊？”

吴慕祖缓缓打开布袋，抽出一个画轴，他打开那幅画轴，在小石桌上轻轻展开、抚平，道：“焦书记，我知道您喜欢梅花，这一幅《红梅图》，我就送给您了。”

焦为民看到那幅画，不由吃了一惊，原来这是一幅水墨纸本立轴，画面上，几支枝杆挺拔矗立，一片梅花昂首怒放，朵朵红梅点缀枝头，疏密相间，浓淡有别，仿佛在凛冽的寒风中迎风摇曳。右侧留白处题有咏梅诗一首，焦为民细看诗句：

铁如意击珊瑚剑，东风吹作梅花蕊……苦铁道人梅知己，对花写照是长枝……壬戌寒冬安吉吴昌硕年七十九。

原来吴慕祖送给焦为民的竟是吴昌硕的手迹《红梅图》。

焦为民不由脱口赞道：“画好，诗好，书法更好，诗意和画意紧密契合，寓意于象，情韵深长，耐人寻味。”焦为民说着，又对吴慕祖道，“不过，这幅画我可不能收！”

“为什么不能收啊？”吴慕祖不解。

焦为民笑道：“你总不至于让我因为这幅画晚节不保，成为一个让人唾骂的贪官吧？”

吴慕祖忙道：“这幅画是我家祖传的，当年，您帮我吴慕祖洗清了冤屈，还帮我和乡亲们致富脱了贫，难道就不能让我谢谢您？再说，您就要退下来了，我又不是为了要您为我办什么私事才送您这幅画的，所以，这不能算是行贿受贿吧！”

焦为民道：“我是要退下来了，但我是一个共产党员，共产党员的称号，我是永远也不会退的！帮农民脱贫致富，是一个党员干部的职责，怎么能让乡亲们感谢呢？”

吴慕祖道："焦书记，这是我一片心意啊！再说，这幅《红梅图》，也只有焦书记您才配收藏它！"

焦为民哈哈笑道："老吴啊，我知道，这幅《红梅图》是你吴家的传家宝，当初也正是因为这幅《红梅图》让你吃尽了苦头。所以说，这幅画是你的宝贝。而我呢，也有我自己的宝贝！"

"你也有宝贝？"吴慕祖不解地问。

"是啊，我也有宝贝！"说到这里，焦为民的语气严肃起来，"我的宝贝，就是廉洁。这么些年来，我一直保持廉洁，守护着自己的人生之宝。如果我收了你的这幅《红梅图》，那么，你呢，失去了传家宝《红梅图》；而我呢，也失去了自己的人生之宝——廉洁。"

吴慕祖讷讷地不知道说什么才好："这……"

见吴慕祖还要说什么，焦为民又道："老吴啊，因为吴昌硕品格高尚，才为世人敬佩和仰慕，所以他的手笔《红梅图》也成了无价之宝。这幅画，你带回去吧，如果我收下了这幅画，那么，不仅仅是玷污了这幅《红梅图》，这世上还同时失去了两件宝啊！"

吴慕祖见焦书记话语坚决，捧着《红梅图》，噙着眼泪，道："焦书记，我……我吴慕祖靠了党的好政策，才脱贫致了富，现在，我们超峰村正在扩建小学，我把这幅《红梅图》拍卖了，不管能卖多少钱，我把钱全部捐给村里建学校！"

焦为民哈哈笑道："好啊，好啊！不过，我确实是非常仰慕吴昌硕先生的人品、艺品，你拍卖前，让我把昌硕先生的这幅《红梅图》临摹一幅，也让我留个纪念。"

两双手紧紧地握在了一起。小院中、红梅前，形成一幅漂亮的风景画。

向市长行贿

吴清光调任河干市市长没多久，就要负责一个大工程的招标工作。于是，许多包工头都来找他，但吴市长“关”把得极严。

这天下午，吴市长有个重要会议要参加，他到办公室拿了文件袋，正要出门，来了一个人。吴市长认识这人，名叫范大利，吴市长当年下乡插队就在范大利的生产队，所以范大利经常会到吴市长家走走，据说范大利最近也在搞承包工程。

果然，范大利屁股刚挨上沙发，张口就提起了那个工程。吴市长明确告诉范大利，这项工程一定要通过公开招标的。这范大利似乎也识相，随便说了几句话，就告辞了。吴市长正要出门，忽然看见沙发上有一个用报纸包着的包，他打开一看，不由得吃了一惊，原来是五沓百元大钞。吴市长当即明白，一定是范大利趁自己不注意时放在沙发上的，因要出席会议，吴市长来不及多想，就随手把钱放进了抽屉。

等会议结束，早已过了下班时间，吴市长就直接回了家，到家才想起范大利那笔钱，忙打了个电话给范大利，要他明天一早到办公室把钱拿回去。范大利却在电话里说：“吴市长，这五万元是小意思，等我承包了那个工程以后，还要重谢哪！”

吴市长一听急了，说：“你如果不拿回去，我只有交到纪委去了！”

谁知范大利竟嘻嘻哈哈地说：“市长，我知道你不会的，我等你的好消息啊！”说着，挂了电话。

第二天一上班，吴市长就把办公室主任王国柱叫到办公室，从抽屉里拿出那包钱，把事情经过跟他说了，最后说：“你把经过情况帮我写一写，和秘书小陶一起把这笔钱交到纪委吧。”

纪委的孙局长和张主任接到钱，一清点，有四万九千五百元，这是一桩重大的行贿案，于是马上叫来了当事人范大利。范大利没料到吴市长真的把这笔钱交到了纪委，不由慌了神，便老老实实地把行贿的经过和目的一股脑交代了。但当他一听这笔行贿款是四万九千五百元时，不由叫了起来：“姓吴的市长，给你五万元你不要，却要从中抽出五百元，你……你毕竟还是贪的！”

孙局长一听，范大利交代的行贿款和吴市长交来的钱数字不相符，便说：“你可要负责任的！”

可范大利坚持说他送的是五万元，还拿出一盘录音带来证明。原来，范大利把那天晚上和吴市长通电话的内容录了下来，想需要时可作为证据要挟吴市长。孙局长一听录音，果然是那天晚上吴市长打电话给范大利，要他把钱拿回去，范大利在电话中说：“吴市长，这五万元是小意思……”

孙局长怒道：“范大利，你行贿领导，竟然还录了音？”

范大利涎着脸说：“我如果不录下来，他收了钱装作没事人一样，我不就亏了！这不，明明收了我五万元，交到纪委的却只有四万九千五百元……”

这一下，孙局长犯了难，是相信吴市长还是相信范大利？按理说，吴市长既然要把五万元交到纪委，怎么还会从中抽出五张呢？但行贿者范大利不但信誓旦旦，而且还有录音带作证据。

孙局长马上和吴市长取得了联系，吴市长听了事情经过，说：

“我当时打开报纸只看了一下，就重新包好放进了抽屉，只知道是五沓百元大钞，到底有多少钱，我也不清楚。”

孙局长感到事情严重，便向纪委主要领导做了汇报，纪委专门开了一个会研究。有人认为可能是范大利送钱时少放了五张，但马上被大家否定了：范大利既然送钱行贿，想来是不会少放五张的。而吴市长既然把五万元都交到纪委了，也不可能从中抽出几张。唯一的可能，就是有人从中偷偷地抽出了五张。可是谁又有这么大的胆子，敢到市长办公室的抽屉里偷偷抽出五张百元大钞呢？

于是，纪委决定派孙局长和张主任会同市政府办保卫科一起查这桩特殊的失窃案。

孙局长原是部队的侦察兵，担任过团参谋长，后来转业到河干市公安局当了刑警队长，三个月前才调任纪委监察局局长。

市政府大楼是一幢八层建筑，吴市长的办公室在八楼最后一间，一百多平方米的大房间被一分为二。里间是吴市长的办公室，外间是市政府办公室主任王国柱的办公室，也就是说，要进市长办公室，必须先经过主任王国柱的办公室。

根据经验，孙局长知道，作案者一定是内部的人。如果是外来的窃贼潜进办公室，绝对不会只抽出其中几张，而且门窗完好，没有丝毫撬凿的痕迹。如果是熟人进吴市长办公室从中抽出几张，那么这人会是谁呢？于是孙局长又查看了这天的会客名单，也没有一个来访的人上过八楼，所以主要查询对象应该是市政府内部人员。经过仔细排查，很快把嫌疑集中到一个人身上。

这个人姓黄，大家都叫她黄阿姨，今年五十岁，已在市政府大楼当了十多年的清洁工。黄阿姨长相清秀，手脚勤快，所以后勤科就让她专门负责八楼市领导办公室的清洁工作。这天吴市长去开会后，也只有黄阿姨在下班后进过办公室搞卫生。

孙局长为了全面了解黄阿姨的为人，先找各个部委办局的领导了解情况，比如：黄阿姨每天为他们打扫办公室时有没有手脚不干净的事发生。但各个部门的部长、局长和主任的回答都很干脆，说从来没有发现黄阿姨有过偷东摸西的行为，他们也从来没有失窃过什么钱物。

这下，孙局长没辙了，但排除了黄阿姨，又实在找不出第二个嫌疑人来了。

于是，孙局长决定从侧面再了解一下黄阿姨。

黄阿姨丈夫早亡，只有一个儿子，这个儿子从小受到母亲溺爱，不好好读书，长大后又不务正业，就靠母亲打工维持生活。但最近几年来，他家好像发了，去年还盖了一幢三层小洋楼。照黄阿姨的经济收入，是不可能盖起这样一幢小洋楼的，所以，黄阿姨的经济来源有问题。

孙局长和张主任决定找黄阿姨谈话。当黄阿姨跨进保卫科办公室的一刹那，孙局长发现她脸上闪过一丝惊慌的神色。黄阿姨坐下后，孙局长装作不经意的样子，问道："你知道这是什么地方吗？"

黄阿姨忙答道："知道，知道，这是保卫科。"

孙局长忽然话题一转，严肃地说："你去年盖的那幢三层小洋楼真是气派啊！花了不少钱吧？"

黄阿姨支吾了一会儿，说："都是借……借的钱。"

孙局长说："如果是借的，那么一定有借主吧？"见黄阿姨额头上冒出了汗珠子，孙局长心中已经有数了，便故意把话题扯到吴市长办公室失窃五百元的事上去。

黄阿姨毕竟是个普通的中年妇女，哪里是孙局长的对手，最后终于承认那天趁在吴市长办公室搞卫生的机会，她打开纸包，在每沓钞票里抽出了一张。

既然黄阿姨承认偷了吴市长抽屉里的钱，孙局长就不肯作罢了，他决定一鼓作气，一定要问出黄阿姨盖小洋楼这笔巨款的来历。

起先，黄阿姨一口咬定钱是借的，但说不出是跟谁借的。在孙局长一再追问下，最后不得不说出了建造小洋楼巨款的来路。但黄阿姨的交代竟使孙局长和张主任大吃一惊，这笔巨款竟是黄阿姨十多年来利用为市府大楼里那些领导的办公室搞卫生时，在抽屉里偷的！

原来，黄阿姨每天为办公室搞卫生，望着那些漆得油光锃亮的办公桌，先是有些敬畏，又觉得有些神秘，后来，好奇心促使她想看看这些官儿们的抽屉里到底有些什么神秘的东西，便经常偷偷拉开抽屉看稀奇。

有一次，她看见抽屉里有厚厚的一沓钱，便动了邪念。她知道，如果全部拿走，就会被察觉，就从中抽出一张。到第二天，见没有动静，便放了心。

以后，每次打扫卫生，她都要看看领导们的抽屉，如果有钱，就从中抽出几张，多的时候十多张，少的时候三四张。这十多年下来，竟给她积下了三十多万巨款，去年就用这些钱盖了一幢小洋楼，还准备给儿子说一个媳妇呢。

交代完后，黄阿姨望着沉思着的孙局长，喃喃地说："想不到，干了几百次都没人察觉，这次才拿了五张，就露了馅……"

孙局长说："你这样做，难道说真的没想到会被人察觉？"

忽然，黄阿姨古怪地笑了起来："我真的没有想到，真的……"

“没想到什么？”

“我没想到，吴市长怎么会把别人送他的钱交到纪委去呢？唉，因为我知道，办公室抽屉里如果有大笔的钱，基本上都是别人送的，所以抽出几张一般不会被察觉。再说，就是当时发觉少了几张，也不会怀疑到我这个搞卫生的老太婆身上。唉，这一次……真的，真的没想到！”

真相终于大白，吴市长也洗清了“不白之冤”，但当他听了孙局长的汇报后，心情不由得更加沉重了。

清清白白做人

梧城作为一个新兴城市，房地产开发日新月异。

这天，林大明主任主持的一宗土地拍卖正在激烈竞拍，最后只剩下环宇房地产公司和天星房地产公司僵持着，谁也不肯放弃。这宗土地处于市区中心，属于“黄金”地段，对于房地产公司来说，是一块大肥肉。最终，环宇房地产公司击败天星房地产公司，夺得土地使用权。

土地拍卖成功，谁知，三天后梧城纪委就收到了一份实名举报信，举报林大明在主持这宗土地拍卖时收受了环宇房地产公司的贿赂。

因为是实名举报，纪委非常重视，经过研究，决定由纪委书记龙天林负责调查这件事。第二天，林主任被纪委找了去。

俗话说，好事不出门，丑事传千里，一个干部被纪委给找了去，还会有什么好事！再说，如今拍卖土地，都是和房地产老板打交道，“房地产”，那可是个敏感的词儿，于是，“主持土地拍卖的主任林大明被纪委找去”的事很快传得沸沸扬扬了。

林主任的妻子曾艳丽听人说丈夫被纪委找去，不知真假，连忙打他电话，但打了几次，林大明的手机都是关机，这下，曾艳丽急了，急急忙忙赶到公公家里。林大明的父亲林永承是名退休干部，母亲何慧芬是名退休教师，平时对儿子教育很严，一听儿子被纪委找去，顿时发了呆，林永承连忙打儿子的电话，果然提示关机，他知道这事不是假的，便叫道：“我们林家世代清白，一直遵循祖训，‘居相位性淡泊，耕田地思社稷’，你林大明一个小小的科级干部，竟敢，竟敢……”

一边的何慧芬叫道，“不可能，不可能，我的儿子我知道……”

林永承道：“大明的手机从来没有关过机，这会儿青天白日的，刚传来出事的消息，他怎么就关了机？”

何慧芬呆了一会儿，一双眼睛盯着儿媳妇，讷讷地问道：“真的？大明真的出事了？”

曾艳丽道：“听人说，大明在主持土地拍卖中收受了房地产公司老板的巨额现金，被人举报……”

“收受巨额现金？我们的儿子，怎么会这样……”何慧芬只觉得天旋地转，忽然眼前一团乌黑，扑通一声，倒在了地上。

林永承一见妻子晕倒，吓得扑上去，叫道：“慧芬，慧芬，你可别吓我！”他知道老伴有高血压，心脏也不是很好，三年前还得过轻度脑血栓，医生再三吩咐不能受刺激，这会儿一听儿子受贿被纪委找了去，一急，出事了。

曾艳丽见婆婆倒在地上，吓得没了主意，还是林永承清醒，一边用手掐何慧芬的人中，一边对儿媳妇喊道：“快，快打120！”

不一会儿，120急救车把何慧芬送进医院，经过抢救，医生告诉林永承，病人本来就有高血压、心脏病，还得过脑血栓，这会儿是气急攻心，血压一下子升高，出现了蛛网膜下腔出血的症状，经过抢救，虽然控制了病情，但情况不是很乐观。

林永承急问道：“她能不能醒过来？有没有生命危险？”

医生叹了一口气，说：“如果在七天内能醒过来，就没什么大事，如果过了七天醒不过来，就难说了，说轻的，成了植物人，说重的，人就会没……”

林永承急得拉住医生：“医生，请你一定要想办法救她！”

医生告诉林永承，病人虽然处于昏迷状态，其实她的大脑是有知觉的，她能听得见家人在身边的话语，只是不能动罢了，只要家人在病人耳边轻轻地呼唤，或者和她说一些过去愉快的事，应该比药物还有疗效，因为配合药物治疗用亲情唤醒植物人的事例很多。于是，林永承也顾不得儿子的事了，一步不离地守在何慧芬病床前，时不时地在老伴的耳朵边轻轻地叫着她的名字。

眨眼六天过去，何慧芬却没有丝毫好转，这六天来，林永承整个人瘦了一圈，眼看着相濡以沫的妻子躺在床上一动不动沉睡着，饮食只能把用搅拌机搅成糊状的食物导入管子，通过鼻腔进食，他不由心急如焚。

曾艳丽惦记着丈夫，也顾不了婆婆了，她四处打听林大明的情况，大致情况清楚后，又急急忙忙告诉公公。

曾艳丽了解的情况是这样的：因为参与竞拍的房地产公司有好几家，在土地拍卖前，天星房地产公司的老板高胖子几次托人和林大明套近乎，想取得这宗土地的使用权，但林大明公事公办，高胖子见林大明不为所动，便亲自出场。这天一早，他来到林大明的办公室，扯了几句闲话，故意把一个黑色塑料袋忘在沙发上，便起身告辞。

林大明见高胖子到他办公室有一搭无一搭地说些闲话，又看到沙发上那只沉甸甸的塑料袋，就看穿了高胖子的企图，把他叫住了，说："高总，你把东西拿走！"

高胖子哪里肯放弃这个机会，涎着脸皮说："林主任，这是十万元，一点小意思，等土地拍卖成功以后，我再加倍谢你！"

林大明道："你已经报名参加竞拍，请你靠实力竞争吧！"见高胖子不肯拿走塑料袋，林大明正色道，"你若不肯拿走，那你稍等一下，我打电话叫纪委的人过来，让他们拿走！"

高胖子见林主任态度坚决，只好悻悻地拿起装了十万元人民币的黑色塑料袋，嘴里嘀咕着走了。

林永承听了儿媳妇的诉说，不解地道："我儿子不收人家的钱，怎么反而被纪委找了去？"

曾艳丽告诉林永承："听说就是天星房地产公司的老板高胖子实名举报的！"

林永承道："高胖子行贿大明，被大明拒绝了，他为什么还要举报？"

原来，天星公司的老板高胖子行贿不成，后来竞拍失败，越想越气，认为当时林主任不收自己的十万元钱，是因为送得太少了，环宇公司竞拍成功，肯定也送了钱，而且一定比天星公司送的钱多，于是便向纪委举报。曾艳丽说着，叹了一口气："都是房地产老板害了大明！"

林永承听了，气得连连跺脚，直骂儿子浑蛋："不是别人害他，是他自己害了自己！这个逆子，玷污了林家清白，辜负了父母的养育之恩，辜负了组织的培养，到头来竟把老母亲气成了一个植物人！”

第七天一早，靠在老伴床前打了一个盹的林永承睁开眼睛，又在老伴耳朵边轻轻地呼唤，但还是和前几天一样，何慧芬躺着一动也不动。

中午时，病房门被轻轻叩响，林永承一回头，只见两个人推门进来，前面那个竟然是儿子林大明，后面跟着县纪委的龙书记。林主任叫道：“爸，我来看看妈，妈怎么样了？”

林永承一见儿子被纪委书记押着来到医院，好像见到了仇人，一股怒火“噌”地蹿了上来，怒喝道：“你这个不孝子，你还有脸来看你妈？我们就是死了，也不用你来……”

龙书记见林永承发脾气，连忙笑着解释：“老爷子，千万别发脾气，您老听我解释……”

原来，纪委接到高胖子的实名举报，龙书记便按照程序，通知林大明到纪委配合调查，事情很快查清楚了，林大明根本没有受贿。于是又把实名举报人——天星公司的高胖子请到纪委，高胖子支支吾吾了好半天，最后承认说，因为竞拍失败，心里怨恨，便凭臆想认为林主任一定收受了环宇公司的贿赂，就向纪委举报了。没想到纪委这一查，反而查明了林大明这些年来一向清廉，从来没有发生过收受礼物的事。

林永承一听，一把抓住龙书记的手，问道：“我儿子真的没事？”

龙书记笑着说：“老爷子啊，俗话说得好，真金不怕火炼，只要坐得端、行得正，就不怕影子歪！而蓄意诬陷的，一定要受到惩罚！”

真相大白，林永承一下扑到妻子身上，兴奋地叫道：“慧芬，你听到了吗？我们的儿子，他没事，什么事都没有！”

忽然，何慧芬的手指轻轻地颤动了一下，接着，她的眼睫毛微微动了一下，一双眼睛竟慢慢地睁开了。

“慧芬，你醒了，终于醒了……”林永承兴奋地叫了起来。

林大明一下跪在了母亲床前：“妈……”

医生得知病人苏醒了，连忙过来察看，欣喜地道：“奇迹，这是一个奇迹啊！”

林永承道：“儿子啊，幸亏你没有出事，这才唤醒了你母亲啊！”

林大明双手捧住母亲的手，抽泣着说：“林氏家风，廉洁为本，爸和妈平时对我的教诲，我永远不敢忘！”

何慧芬轻轻抚摸着儿子的手，轻轻地说：“儿子，如果你真的做了这种不清不白的事，妈情愿一辈子不醒过来……”

林永承道：“慧芬啊，别说这事了，平安就好！”

龙书记也笑道：“是啊，只要我们踏踏实实做事，清清白白做人，一定会一生平安！”

跳过那个“浑时辰”

在杭嘉湖一带有句俗话，每个人都会碰到“浑时辰”，只要一碰到“浑时辰”，这个人就会犯“浑”，做出一些出格的事，甚至还会做出一些犯法的事，但如果有人提醒，跳过这个“浑时辰”，就不会出事了。

但大家都说白飞扬从没碰到过“浑时辰”，他好事一桩接一桩，大学刚刚毕业就考上了公务员，进了长河市城建局，没多久就通过朋友介绍认识了科技局的一位姑娘，这位姑娘名叫君玮，是一个科技工作者，认识一年后，白飞扬和君玮就结婚了，结婚刚刚两年，白飞扬经过考核，又被任命为长河市城建局副局长。

白飞扬担任领导职务后，应酬当然也多了起来。这天，他和妻子君玮商量，想贷款买一辆小车，君玮想想也是，如今担任一定领导职务的都有小车，就贷款买了一辆小车。但君玮再三警告白飞扬，喝酒不许开车。白飞扬都一一答应。但在外面应酬，或多或少总要喝点酒。

这天，君玮下班回家，告诉白飞扬：“飞扬，你一当领导，手上有了权，我还真怕你把持不住自己。”

白飞扬就笑：“看你说的，你不相信我啊？”

君玮也笑：“我不是不相信你，我是怕你碰到‘浑时辰’，到时犯浑。为了以防万一，我给你准备了一种‘警报器’，一旦碰到‘浑时辰’，这‘警报器’就可以提醒你！”

白飞扬不解地问道：“‘警报器’？有什么作用？”

君玮笑吟吟地道：“你只要把‘警报器’带在身上，如果酒后驾驶汽车，你只要摸一摸‘警报器’，‘警报器’就会发出警报，提醒驾驶员。”

白飞扬一听乐了：“真有这种功效？那再好不过了！”

君玮道：“你这个当干部的，仅仅是提醒你不能酒后驾车还不行，还得提醒你不上美容院、不上洗脚屋！”

白飞扬大笑：“我什么时候到过那种地方了？”

君玮道：“最重要的，还要有一种拒绝贿赂的本能！”

白飞扬以为妻子和自己开玩笑，道：“好，好，你不放心我，就把这个什么‘警报器’拿来，让我试用几天，如果效果理想，你就可以申报专利了！”

君玮笑吟吟地拿出一个小东西：“就是这个！”

白飞扬接过一看，差点笑翻了：“这不是MP3吗？”

君玮道：“你别小看它，只要你按照我教你的去做，它就是一部‘警报器’，如果你哪天喝酒开车或者开车走错了路，又或者做一些违法的事，只要捏一下‘警报器’，它就会提醒你。”

白飞扬听了，呵呵笑道：“我只要不喝酒，绝对不会走错路，那些违法的事，我更是不会做！”

君玮笑道：“有些人啊，特别是一些当干部的，一旦碰到‘浑时辰’，不喝酒也会昏头！”

白飞扬当然明白妻子指的是什么，便笑道：“夫人放心，我这个人啊，喝酒不开车，平常不昏头！”

第二天刚好是星期天，白飞扬和君玮驾车去看望父母，两位老人见儿子和儿媳上门，高兴之余，当然要买菜买酒招待。一家人其乐融融，吃过晚饭，白飞扬和君玮告别父母，要回家了。

两人坐进小车，白飞扬正要发动汽车，伸手一捏“警报器”，奇怪的事情发生了，一个柔和的声音轻轻地提醒道：“警报……警报……”

白飞扬嘿嘿笑了。这时，一旁的君玮也笑了：“刚才我为什么没有阻止你，就是想试一试你，看来，没有‘警报器’还真不行呢！”

白飞扬神秘兮兮地道：“行，行，看来这会儿我是不能驾驶汽车了，你来吧！”

于是君玮驾驶，把汽车开回了家。

没多久，城建局有一个工程要通过招标承包出去，消息一传出，许多承包商都来找负责招商的副局长白飞扬。白飞扬当然是公事公办，叫大家按照招标程序办。

这天，白飞扬办公室里来了一个人，这人叫赫大灵，是白飞扬大学的同学，在大学时，两人住一个寝室，关系很好，那时，白飞扬家里穷，所以赫大灵经常把自己的饭票匀给他，白飞扬很感激他，两人相处得像亲兄弟一样。大学毕业后，两人天各一方，好久没有联系了，现在赫大灵上门来，白飞扬当然很高兴，便请他到家里吃饭。赫大灵也不客气，坐上白飞扬的小车。

君玮见白飞扬的同学上门，也很高兴，置办了丰盛的饭菜，招待赫大灵。老同学见面，当然有很多话要说，赫大灵说大学毕业后先在邻县一个建筑部门搞设计工作，因喜欢自由自在，在单位里待不住，工作没多久就辞职下海了，现在做一些小生意。

于是两个老同学便重新交往起来。

其实，白飞扬和君玮不知道，这个赫大灵正是一个建筑承包商，他得知长河市城建局有一个特大的工程要招标，而老同学白飞扬又是主管招标的副局长，便想利用和白飞扬的同学关系，得到这个工程的承包权。

几天后，承包的方案就要定下来了，赫大灵知道必须抓紧时机了，便在下班前来到白飞扬的办公室，笑吟吟地道："老同学，今天我请客，去放松一下！"

白飞扬道："那些娱乐场所我可不喜欢去。"

赫大灵早有准备，还是笑吟吟地道："我知道，嫂子管得严……"

白飞扬哈哈笑道："我最讨厌别人说我怕老婆……"

赫大灵笑吟吟地岔开话题："你还记得当年我们班的肖媛媛吗？就是那位校花啊。"

白飞扬道："肖媛媛，知道啊，当年你曾穷追人家啊！"

赫大灵红了脸，连连摇手："你别笑话我了，肖媛媛，当年在大学里，哪个男同学不想追她啊！我告诉你，肖媛媛后来嫁了个大款，但不到一年就离了婚，分到了一笔巨款，便在龙吟镇上开了一家洗脚屋，装修得非常豪华，生意做得还不错，她还向我打听过你呢，怎么，你不想去给人家捧捧场？"

白飞扬想想也是，便道："是啊，怎么说也是在一个班上待了四年呢，好吧，我们去看看她！"

下班后，两人出了办公室，坐上汽车，白飞扬刚要发动汽车，忽然，赫大灵从皮包里拿出一个大信封，笑嘻嘻地递给白飞扬。

白飞扬不解地问道："什么意思？"

赫大灵笑道："我知道，你虽然当了副局长，但你父母身体都不好，都要你负担，你的手头也拮据，这是老同学的一点心意。"

白飞扬望着那只递到面前的大信封，好像在犹豫要不要拿时，忽然一个柔柔的声音响起："警报……警报……"

白飞扬仿佛被黄蜂蜇了一下，跳了起来："这个，我可不敢拿，不敢拿！"

赫大灵只得悻悻地把信封放回包里。

白飞扬道："这是我妻子发明的一种'警报器'，她时时在监督我呢！好了，我们走吧！"便驾驶汽车向龙吟镇方向驶去，刚到一个岔路口，忽然一个柔和的声音响了起来："警报……警报……"

白飞扬大吃一惊，猛然省悟过来，吱的一声刹住了汽车。

赫大灵不解地问："怎么回事？"

白飞扬道："对不起，'警报器'又在提醒我了，我不能去那种地方！”

赫大灵见白飞扬态度坚决，只好叹了一口气，道：“那我们明天再见面吧。”

第二天，白飞扬刚到办公室，秘书就把当天的报纸拿了进来，只见《长河晚报》刊登出一篇消息：昨天半夜，警方开展“雷霆扫黄行动”，在龙吟镇的“媛媛洗脚屋”现场抓到妓女、嫖客二十二人，其中还有一人是副处级干部、三人是副科级干部，此案正在进一步审查中。

看到这条消息，白飞扬不由心里暗自庆幸：雷池，好险！

正在这时，赫大灵来了，说起昨晚的事，他也一连声地说“好险”。最后，赫大灵道：“老同学，本来我想利用老同学的关系，承包城建局那个工程的，因为那只是你一句话的事，现在看起来，有你夫人发明的‘警报器’在，我只能老老实实参加投标了。”

白飞扬笑了：“昨晚，要不是‘警报器’提醒，我只要跨出一步，现在已经栽了，现在，我如果利用老同学的关系，只要一点头，明天，我也会栽的！”

当晚下班回家，白飞扬和君玮说起“媛媛洗脚屋”的事，不由为那几个干部可惜。君玮道：“其实，有时候一个人失足，是很偶然的，就是我跟你说过的，一旦碰到‘浑时辰’，就是不喝酒，也会昏头的！”

白飞扬笑着道：“君玮，你给我出的那个主意很灵，如果没有那部‘警报器’的提醒，说不定我今天也在那几个干部中间了，你研制的‘警报器’很灵呢！”

君玮笑了：“那你就把那部‘警报器’永远放在口袋里吧！”

原来，君玮知道白飞扬的工作性质，怕他在外面控制不住自己，有些话碍于情面说不出口，便用一个随身听录下几句话：“警报……警报……”所以，在汽车上赫大灵一掏出那个装钱的大信封，白飞扬便把放在口袋里的随身听一按，拒绝了赫大灵的贿赂，到岔路口又按了一下，巧妙地骗过了赫大灵，躲过了一场灾祸。

白飞扬道：“这部‘警报器’，我要永远把它放在口袋里！”

君玮又笑了：“如果真的有‘警报器’，也仅仅是一件摆设，它就是能提醒你，你也可以置之不理，关键是你自己心里也要有一部‘警报器’，才能时时提醒自己，跳过那个‘浑时辰’！”

白飞扬也笑了：“家有贤妻，夫不遭横祸，那你就永远做我的‘警报器’吧！装在我心里，提醒我跳过一个又一个随时会出现的‘浑时辰’！”

几年后，已担任长河市纪委书记的白飞扬在一次廉政报告大会上说：“每一个人都会碰到‘浑时辰’，一个干部要廉洁奉公，心里必须要有一部‘警报器’，时时在耳边提醒自己，跳过这个‘浑时辰’！”

几次三番送“白鲢”

马小英最怕鱼腥味，对鱼腥味特别敏感，所以家里从不吃鱼。她和江明龙谈恋爱时，什么要求也没有，就签了一份“君子协定”：不能把鱼往家里带。

江明龙在市委办公室当干部，大大小小也算一个领导，但性格温和，家里什么事都由着马小英，从来不和妻子闹口角，当然遵守诺言，买菜从来不买鱼，就是在外面吃饭，面对饭桌上各种各样的鱼，他也从来不伸筷子。

中元节的一早，刚刚从床上醒过来的马小英就闻到了一股鱼腥味，她伸手一摸身边，摸了个空，才记起来，江明龙三天前随市委领导到省城开会去了。她连忙起床，循着鱼腥味一找，发现鱼腥味是从大门外飘进来的，便打开房门，一股更重的鱼腥味扑进她的鼻孔，她下意识地用手捂住鼻子，探出脑袋一看，果真，只见门把手上挂着一条鱼，一条斤把重的鲢鱼。

鲢鱼，我们杭嘉湖一带有两种：一种叫花鲢，俗称“包头鱼”，鱼鳞呈花纹样，鱼头极肥，用鱼头烧豆腐或者烧粉皮，那是一道江南名菜；还有一种叫白鲢，这种鱼全身银白，头小、肉瘦、味腥，价钱极便宜，现在没人吃这种鱼。马小英一看那条鱼，竟是一条白鲢。

马小英知道，当地人送礼不会送白鲢，那么是谁，竟然送来一条白鲢？马小英猛然醒悟，这条鲢鱼肯定有名堂！

自从丈夫江明龙当上了市委办主任，家里也“热闹”起来，除了一些本家的亲戚，一些杂七杂八的“客人”也经常上门“拜访”。

当然，来的客人多多少少总会拿一点“手把子”，比如一包茶叶、几斤水果。但客人走时，江明龙一定要他们带回去。为了退回这些小礼物，马小英对丈夫多多少少有些不满，她认为江明龙刚当了干部就六亲不认了！

江明龙道：“小英啊，有多少干部都栽在这些礼物里了。”

马小英道：“几斤水果、几包糖果，这是正常的人情往来！”

江明龙性格温和，从不和妻子吵嘴，起先，他还耐心地向妻子解释，说：“受贿没有数额大小，有好些数字都是从小到大的，比如从几斤水果、几包糖果开始的……”

话没说完，马小英就不耐烦了，说：“你当了干部，亲戚朋友有些小事能帮的就帮帮……”

江明龙见妻子嗓门提高了，知道说了也没用，便不再多说了。

有些“识相”的亲戚就专门等江明龙不在家的时候上门，于是这些小礼品自然而然地被马小英收下了。

但这会儿送一条不值钱的，而且是犯了马小英忌的白鲢，这倒还是第一次。马小英听到过一些“故事”，说某某人为了给领导送礼，竟把一条金项链塞进鳜鱼里，送到领导家里，谁知领导夫人不吃鱼，把鱼掷进了垃圾桶，最后让捡破烂的捡了去。这会儿有人送一条白鲢，到底是什么意思？

“鲢鱼里一定有什么名堂！”马小英把鲢鱼拎进厨房，用菜刀把鲢鱼的肚子剖开，憋住呼吸把鱼内肠细细捏了一遍，结果什么也没有捏出来，便叹了一口气，把鲢鱼装进塑料袋，捂着鼻子下楼，丢进了“易腐垃圾桶”。

鱼虽然丢掉了，但整个屋子里弥漫了鱼腥味，马小英打开门窗，再把墩头、砧板和菜刀用洗洁精细细洗了一遍，但这股难闻的鱼腥味却怎么也除不掉。

晚上，江明龙出差回来，一进屋，便皱着眉头问道：“小英，你今天买鱼了？”

马小英道：“没有，今天一大早，不知是谁，把一条死鲢鱼挂在我们家的门把手上。”

江明龙笑道：“挂在门外面，怎么屋里有一股鱼腥味？”

马小英红了脸：“我想谁送礼会送一条死鲢鱼的……”

江明龙道：“我知道了，你以为鱼肚子里有什么秘密？”

马小英脸更红了：“是啊，可是我剖开鱼肚子，里面什么也没有！”

第二天，江明龙出门上班没多久，马小英又闻到了一股鱼腥味，她开门一看，原来门把手上又挂了一条鱼，仔细一看，又是一条鲢鱼。

又有人送来一条鲢鱼，马小英想把鲢鱼丢掉，但一想，人家总不会无缘无故送一条不值钱的鲢鱼吧，里面到底有没有什么名堂？如果真的丢了，万一鱼肚子里有什么……于是，她捂着鼻子又把鲢鱼拎进厨房，用刀把鲢鱼剖开，再把内脏细细地捏了一遍，可还是什么也没有捏出来。

“这个该死的送鱼人，这不是作弄人嘛！”马小英把鱼装进塑料袋，又捂着鼻子下楼，把鱼掷进了垃圾桶，但这么一折腾，屋里又留下了一股浓浓的鱼腥味。

第三天，马小英留了心，一定要查个水落石出，她等江明龙一出门，就搬只凳子坐在门后面，静静地候着，等了一会儿，终于，她听到了门外有一丝细小的动静，还隐隐约约闻到一股鱼腥味，她连忙从猫眼里望出去，只看见一个人影一闪而过，但认不出是什么人。

她开门出去，果然，门把手上已经挂上了一条鲢鱼。

这人是谁，为什么几次三番在我家门上挂一条讨厌的鲢鱼？马小英想着，把鲢鱼取下来，这次她不再剖鱼了，而是捂着鼻子直接把鱼装进塑料袋，放在了门边的角落里。

那么，马小英为什么这么讨厌鱼呢？其实小时候，马小英也喜欢吃鱼，那是七岁那年，那时候什么都要凭票供应，大人和小孩肚子里根本没油水，而小英家隔壁就是一家鱼行，每天鱼腥气很重，但马小英反而觉得这鱼腥味很好闻。鱼腥味好闻，鱼肉肯定更好吃。这天，她闹着要吃鱼，妈妈说：“买鱼要凭票，再说，我们家的条件，有了鱼票也买不起鱼。”

谁知这天午后，小英闻到厨房里有一股鱼香味，她进去一看，原来灶台上有一条油沸过的鱼。杭嘉湖一带烧鱼很讲究，鱼洗净先要入油锅沸一沸，沸得半生不熟，捞出来等冷却后再入汤锅，放入料酒等佐料再烧，烧出来的鱼又香又鲜。那是一条七八两重的鲢鱼，油沸过后，还没有入汤烧。家里那只狸花猫正蹲在鲢鱼旁边，一见有人进来，便“喵”的一声，跳了开去。

原来是狸花猫不知从哪里叼了一条鲢鱼回来。小英高兴死了，叫道：“有鱼吃了！”

她就和五岁的妹妹两个人，把这条半生不熟的鲢鱼用酱油蘸蘸，美美地吃了一顿。

鱼刚刚吃完，妈妈下班回来了，一进门就闻到了一股鱼腥味，便问两个女儿：“哪里来的鱼腥味？”

马小英就告诉妈妈：“我们家的狸花猫叼来一条鱼，我和妹妹蘸着酱油吃掉了。”

妈妈一听，气得直跳脚，狸花猫叼来的食物，是谁家的也不知道，怎么自说自话吃掉了，便叫道：“我和你说过多少次了，别人的东西不能拿，别人的食物不能吃，这么一条鱼，一定是谁家准备办什么事，或者要招待客人，你竟然不声不响吃掉了！”她气得蹲下身，“我让你嘴馋”，下意识地把小英的裤带一勒，小英“哇”地大叫一声，把肚里的东西全都吐了出来。

这一次呕吐后，从此，马小英只要一闻到鱼腥味，就要反胃，几十年来，从来没有碰过鱼。而马小英和江明龙不吃鱼，熟悉的人都知道，为什么还有人送鱼，而且送一条不值钱的鲢鱼来呢？

等江明龙下班回来，马小英指着门边角落里的塑料袋说：“你看看，又有人送了一条鲢鱼！”

“奇怪了，什么人一而再再而三地给我们家送鱼？”

马小英道："而且送的都是不值钱的白鲢！"

"白鲢？"江明龙道，"送鱼的人到底是谁？"

马小英道："今天我留了个心，一直在候着，但只从猫眼里看到送鱼人的背影一闪而过，没认出是谁。"

忽然，敲门声响起，马小英打开门，原来是乡下的老母亲来了，便高兴地道："妈，您老来了！"

老母亲笑道："好久没来看我闺女了！"

母亲来了，马小英也忘了那几条白鲢的事，忙把母亲迎进屋里。

母亲忽然嗅了嗅鼻子，问："家里吃鱼了？"

马小英道："没，没有，不知是谁，一连三天，每天一早送来一条白鲢，我们一直不吃鱼，我让明龙拿下楼去掷了！"

母亲道："送白鲢？噢，我知道了，人家是提醒你们呢，明龙当领导了，要清白，要廉洁……"

说得马小英红了脸。晚饭后，母亲洗了澡，坐在沙发上看电视，江明龙为岳母泡了一杯茶，放到岳母面前的茶几上，眨了眨眼睛，岳母会心地一笑。

马小英见母亲的外套有点脏了，准备洗一洗，衣服浸水前，她习惯地摸一摸口袋，竟摸出了一张纸，展开一看，竟是一张小旅馆的住宿发票，一看日期，是三天前的，母亲住宿三天。

"老母亲是三天前来的？"马小英猛然省悟。

第二天一早，老母亲就要回乡下了，马小英再三留她，还话里有话地说："好不容易进城一趟，小旅馆都住了三天，家里怎么住了一天就走了？"

老母亲笑了，也话里有话地道："住了一天也够了，知道你们一直不吃鱼，我就放心了！"

若要人不知

一、儿子高考考砸了

还没到下班时间，河干县文化局局长卢大天就接到妻子陈慰心火急火燎的电话，要他马上回家。卢大天不知道家里发生了什么事，急急忙忙赶回家。跨进家门，只见陈慰心虎着脸，儿子卢小飞坐在写字台前，耷拉着脑袋。

卢大天一见妻子的脸色和儿子的样子，就知道是怎么一回事了——儿子高考考砸了。卢小飞刚刚参加了高考。

陈慰心一见卢大天，一指桌子上那张高考成绩单，叫道："你看看你儿子的考试分数，离一本线差了十万八千里。"

卢大天知道妻子的火爆脾气，千万不能火上浇油，便装作轻松的样子，道："儿子已经努力了，也不能怪他，我让人查一查，这分数能报个什么学校……"

陈慰心打断卢大天的话："等你查？那是八月三十看江潮——这浪花早过了！我已经找人打听过了，这分数只能报个师范学校。"

陈慰心沉吟了一会儿，道："你是不是想想办法，让小飞到国外去读书？"

卢大天惊诧地看着妻子，见她不像是开玩笑，便摇了摇头："去国外读书能那么容易？"

陈慰心道："你看看人家地税局赵局的女儿，去年高考的分数还没有我家小飞的高，就去了澳大利亚。”陈慰心见卢大天不说话，又数落道：“还有国税局的刘局、外贸局的邓局……他们的孩子哪个高考成绩比我们家小飞好了？还不是都去了国外……”

卢大天见陈慰心唠唠叨叨没个完，忍不住道：“你别老看着人家这好那好，当年你那个同学朱娟娟的事你忘了？”

朱娟娟和陈慰心是高中同学，也是要好的姐妹，当年两人一起找对象、谈恋爱，陈慰心找了卢大天，朱娟娟找了卢大天的同学徐鹏飞，几年后，卢大天一直在科级干部的位置上踏步，徐鹏飞却从科长、处长、县长……一路青云直上，当上了长河市副市长，为此，陈慰心一直在卢大天面前唠叨，奚落卢大天“混”不“出山”，想不到，几年以后，徐鹏飞因为帮侄子开公司走门路，贪污受贿，被送进了大牢。

二、房地产老板找上门

这天下午，卢大天正为儿子报哪所学校而烦恼，小舅子陈坦心来找他了，同来的还有一个中年人。陈坦心介绍说：“姐夫，这位成老板，是大成房地产开发公司的老板。”

卢大天想自己从来没有和房地产老板打过交道，这个成老板找自己会有什么事？

陈坦心笑嘻嘻地道：“姐夫，我姐想让小飞去国外求学，不知道姐夫有什么打算？”

卢大天道：“你啊，说说容易，去国外读书，你知道这笔费用是多少吗？再说，国外没有经济担保人，能去得了吗？”

陈坦心笑了：“姐夫，所以我找朋友帮忙啊！”

卢大天有些不解：“这事朋友能帮什么忙？”

这时，旁边的成老板不失时机，连忙道：“如果卢局长有把公子送到国外求学的意向，我可以帮忙联系，找人做他的经济担保人。”

陈坦心见姐夫有些犹豫，便道：“姐夫啊，现在那些干部的子女都热衷出国‘深造’，我们也应该让小飞出去啊！”

成老板也笑道：“卢局长，经济方面你尽管放心，我妻子的弟弟在国外开着一家大公司，如果令公子出国求学，我的妻弟可以做他的经济担保人，还有，他的一切费用我全包了。”见卢局长一双眼睛诧异地看着他，成老板又道，“卢局长，你放心，费用我不会直接给你，也不会直接给令公子，而是打在我妻弟的账上，再用我妻弟的公司出面，以捐助学生的名义，把钱直接转到学校，这样神不知鬼不觉，一点痕迹都不会留下！”

这样办，倒确实不会留下任何痕迹，但卢大天知道，这世上没有无缘无故的爱，这成老板仅仅是陈坦心的一个普通朋友，他这样慷慨，一定有什么事有求于自己，但自己仅仅是一个县文化局局长，这文化局可是清水衙门啊！卢大天便道：“成老板，我只是个科级干部，只能帮你搞搞文化进企业啊、培训文艺骨干啊……”

成老板笑了：“卢局长啊，文化进企业、培训文艺骨干，哪用得着找您这位大局长！说实话，我也不用你帮我什么，就是想请你把青龙山卢家湾的祖坟挪个地方。”

三、迁坟要老族长同意

原来，卢大天的老家青龙山卢家湾，是个山清水秀、风景美丽的地方，因地处偏僻，交通不便，一切还非常原始，成老板看中了那里的原生态，想投资建农庄搞开发，要开发先要修公路，但进入青龙山唯一的通道口正好有一座规模很大的坟墓，要修公路，就要搬迁坟墓，而这座坟墓，正是卢大天家的祖坟，坟里埋着的，是卢家一个在清朝当过礼部尚书的祖先，名叫卢玮。

说起坟主人卢玮，也是个有名的人物，他是《河干县志》上唯一有记载的卢姓做官的大员，道光十八年，二十四岁的卢玮中进士，因官场顺利，二十年后，官至礼部尚书，但这位尚书大人最后却没有善终，根据县志记载，卢玮还是受冤屈而死的。咸丰八年，礼部主持春试，卢玮作为礼部尚书，成为京师贡院主考官，就在考试结果揭晓、三百六十名贡士刚刚张榜公布时，有人向朝廷举报卢玮收受了一名考生的一颗夜明珠，将试题泄露给这名考生。皇上得知主考官竟然收受考生贿赂，泄露试题，勃然大怒，道："贪赃误国，从严惩处！"便下旨要刑部将卢玮下狱审讯。但刑部的执刑官赶到卢府，卢玮已经得到消息，自杀身亡，这样一来，什么人行贿也无从查起了。皇上愈加愤怒，道："卢玮畏罪自杀，那行贿之人就查不出来了，这样不就让他做了官，能立于朝堂之上了！"便下旨将卢玮枭首示众。但事后搜遍卢府上下，却又找不到赃物夜明珠。于是，卢玮的几位要好的同僚和一些学生为他鸣冤。所谓"捉贼捉赃"，既然没有赃物，就不能断定卢玮受贿，皇帝想想也是，就凭一份举报，无凭无据，怎么能毁了一位朝廷大员？而且如果行贿真的成立，那行贿之人如果查不出，这一场春闱只能作废，就要重新考过，那要花费朝廷多少银子？而且还会贻笑天下！最后也只能不了了之。但卢玮既已死，人死不能复生，便恩赐他回乡归葬，想不到一番折腾，那颗示众的头颅却找不到了，于是皇上赐黄金，给卢玮铸了一颗金头颅。

卢大天得知成老板的来意，道："成老板啊，说实话，虽然这座祖坟是我家的，但按山乡规矩，这方面的事，我们做小辈的是做不了主的，都由老族长做主，你可以去找老族长，只要老族长点头，搬迁就是了！”

成老板连连摇头，道：“卢局长有所不知，我早就和老族长见过面了，老族长说这座古坟建在青龙山龙角上，占着好风水，这坟一动，卢家的风水就破了，所以死活不肯搬迁。”

卢大天确是坟主卢玮的直系后人，他对风水这些迷信说法当然也不相信，但家乡规矩，迁移祖坟这样的家族大事，确实要族长点头。

按山里的规矩，卢家湾一直由村民选出德高望重的年长者为族长，虽然这些年来村民的事务都由村委会管理，但一些如祭祀方面的民风民俗事务，村委会不方便管理的，仍要通过族长点头同意。

卢大天无奈地道：“在我们山里，族长的权力非常大，过去，族长甚至还掌握着乡民的生杀大权，现在虽然族长只管理着一些民俗民风的事，但乡民都听他的，没有族长点头，这事万万不成，成老板只好把公路绕过卢家祖坟了！”

成老板急道：“卢局长啊，这青龙山的地形你知道，这一绕，要绕过两座山，这穿山越岭几十里山路，不但要花费巨额工程款，还要花费几个月的时间！”

卢大天道：“可老族长的脾气我知道，我确实没办法说服他啊！”

成老板凑到卢大天耳边，神秘地道：“只要卢局长同意迁坟，我就有办法让老族长同意！”

四、搬迁卢家祖坟

几天后，卢大天带了一个风水先生回到青龙山卢家湾。因卢家湾不通公路，只有一条蜿蜒小路，卢大天的小车只到山外，然后步行进山，踏着崎岖的山路，卢大天心里感叹：山民们世世代代走了这么些年的山路，确实需要修一条大道了。

老族长一见卢大天回乡，非常高兴，因为这些年来，卢家湾就出了卢大天这么一位政府官员，虽然官不大，但毕竟也是一县管文化的大员，便拉着卢大天的手，笑道："贤侄，你是荣归故里，荣归故里啊！"

卢大天故意皱着眉头，装出心事重重的样子，老族长便问道："贤侄，你这次回乡有什么心事？"

卢大天便告诉老族长："这一段时间，我诸事不顺，所以请了看风水的周先生，让他来看看祖坟的风水有什么问题。"

老族长笑道："贤侄啊，我找人看过，我们青龙山最好的风水地段，就是龙头上的左右龙角，贤侄的祖上卢尚书的灵柩就葬在右龙角峰上，那可是最好的风水宝地呢！"

看风水的周先生道："老族长，是不是让我去看一看啊？"

于是，老族长带了卢大天和周先生来到了龙角峰。

这座青龙山郁郁葱葱，绵延几百里，到卢家湾一带，山峰最高，就像一条巨龙的龙头，左右还有两座小山，微微弯曲，就像两只龙角，故名"左右龙角峰"，卢家祖坟，就建在右龙角峰上。

老族长陪着卢大天和周先生，沿着崎岖的小道，一行人来到卢家祖坟前。这是一座青砖围砌的圆形墓，顶上用土封面，虽然不是特别高大，但也颇具规模，墓前有石碑、供桌，两边还有一只石羊和一匹石马。周先生手握罗盘，围着祖坟走了一圈，便皱起了眉头，一边跺脚一边自言自语："啧，啧，好一个凶险的地方……"

跟在后面的老族长不解地问道："这位先生，你说凶险，不知是什么意思？"

周先生叹了一口气，说："墓地主凶，怕贻害后人呢！"

老族长道："墓地主凶，怎么破解？"

周先生神秘地道："破解容易，这座坟墓只要尽早搬迁，越快越好！"

老族长纳闷了，问："以前那个风水先生说卢家祖坟建在龙角上，那可是个好地方啊！"

周先生笑道："您说的是什么龙角啊？老族长啊，您老人家想啊，龙角是往上翘的，所以应该高过龙头是不是？您看看这地势，这两只角长在边上，长得比所谓的'龙头'低，这看似像个龙头，其实……"

见周先生说话吞吞吐吐，老族长问道："其实是什么？"

周先生道："这个……我还是不说了吧。"

老族长道："这位先生，你不和老朽说个明白，老朽如何得知其中的奥秘啊？但说无妨，但说无妨！"

周先生点了点头，说："老族长您老看这地势，乍一看，确实像个龙头，但只要仔细观看，这绝对不是龙头，而是个牛头，苍龙昂首飞天，老牛低头饮水，俗话说：'龙角飞檐，入云上天；牛角尖尖，越走越险。'这祖坟建在牛角上，后人的仕途走不通啊！"

老族长听了，猛然省悟："怪不得，怪不得，卢家自从卢尚书蒙冤驾鹤，后人从来没出过上品大员，原来原因在这里啊！"

五、卢家老祖宗真的没有脑袋

既然是风水不好，老族长当然同意搬迁祖坟。

于是，周先生经过一番"踏勘"，看中了青龙山主峰旁边的一块朝南地段，让把卢玮的灵柩迁移过去。乡亲们一听，卢家同意搬迁祖坟，修筑公路，也很高兴。卢家湾不通公路，以前也曾有人提出修一条公路，不但便于乡民出行，而且山里的农副产品也能运出大山，只是因为卢家祖坟正好建在唯一的出山路口，老族长认为卢家祖坟一动，卢家风水就破了，所以坚决不同意迁坟。纯朴善良的村民出于传统观念，也不想破了卢家风水，于是修路的事就一直没有实行。后来，县城的成老板看中了这块原始的地方，想开发出来作为旅游景点，无奈老族长为了保住卢家风水，坚决不同意，这次老族长同意搬迁卢家祖坟，于是大家聚集起来，都来帮忙。

因年代久远，卢大天知道坟墓里的棺木已经腐朽，便专门准备了一口棺材。经过一番准备，由看风水的周先生协助老族长主持搬迁仪式。这座卢家祖坟虽然建得不是很大，但规模不小，按照民间风俗，入土的先人不能见天，于是借来几块大油布，在坟墓四周打下木桩，绑上毛竹，上面盖上油布，搭了一个大棚，遮住阳光，大棚里黑乎乎的，便点燃几盏汽油灯。墓前，大家在供桌上摆好供品，点燃香烛，由老族长带头，卢家后人依次跪拜叩头。仪式过后，开始动土，挖开土层，露出清一色的青砖，撬开青砖，里面的棺椁露出来了。

因年代久远，棺椁已经腐朽，开棺前，族长指挥大家再次摆好祭品，点燃香烛，老族长首先跪在棺木前，磕了几个头后，开棺捡骨。掀开几块腐朽的棺木，小心翼翼再掀开腐烂的盖尸被后，大家都惊呆了。原来，棺木里那一具腐朽的骨殖，竟然是没有脑袋的。棺木封闭完好，棺木里的东西虽然已经腐烂，但没有被翻动过的痕迹，而且坟墓的封土青砖也完整无缺，可以肯定没被盗墓贼光顾过。

卢大天心中一惊，暗暗道：县志上说的，卢家老祖宗卢玮被朝廷砍了脑袋的传闻难道说确是真的？

六、赐金铸头子虚乌有

大家围在棺椁四周，看着这具没有脑袋的骸骨，谁也不敢说话。这时，站在最前面的卢大天发现，骸骨的腹腔间仿佛有个圆形的东西在隐隐约约地发光，便上前捡起来一看，原来是一枚鸽子蛋大小的珠子。拭去蒙在表层的尘土，这颗珠子竟发出了耀眼的光芒，压过了几盏汽油灯，一瞬间，油布棚里亮敞起来。那个一直在旁边指挥的周先生接过珠子，仔细看了一会儿，道："卢局长，恭喜，这可是一颗夜明珠啊，被称为'垂棘之璧'，可是世上稀罕之物，价值连城呢！"

这时，人群中发出了叽叽喳喳的议论声："啊，卢家先祖真的是大官，陪葬品竟用夜明珠呢！""不对啊，既然连夜明珠这样的无价之宝也作为陪葬品，那为什么棺木里没有其他的陪葬品呢？"

听着大家的议论，卢大天心里也在想：卢家先祖卢玮既是被朝廷斩首，虽然被允许归葬家乡，但不可能隆重之极，而棺椁中没有那些繁杂的陪葬品，也足以说明当时的葬礼确是非常简陋，但怎么会有这么一颗价值连城的夜明珠呢？而且那颗夜明珠还莫名其妙地在腹腔里。

这时，卢大天才想起了县志上写的关于先祖卢玮之死。卢玮之死，显然和传说中的那颗夜明珠有关。事发后，卢玮自杀，赃物，也就是那颗受贿的夜明珠失踪，这一直是个谜，现在却在尸骨腹腔里发现这颗夜明珠，事情就可以解释了：卢玮收受了考生的夜明珠，事发后得知皇帝要把他下狱审讯，知道难逃一死，而且一定会死得很惨，那还不如自己了结，一了百了，便一咬牙，吞下了那颗夜明珠，一是没了受贿的赃物，二是死后能保个全尸。但没想到，愤怒之极的皇帝还不肯放过他，下旨把他枭首示众，因为事后找不到那赃物夜明珠，没有证据，加上他的一些要好的同僚和学生为他鸣冤，最后朝廷准许他尸身归葬故里。卢玮的尸体辗转运回家乡，已是一年以后，加上当时信息不通，家里人只说卢尚书是蒙冤而死，所以家乡人只知道这位卢尚书蒙冤死于京城，回乡安葬，县志上也只是简单地说明了一下。

卢大天心中暗叹：至于民间传说，皇帝赐金铸头，那更是子虚乌有！

七、儿子毕业后回家乡

卢大天万万没有想到，自己的祖上卢玮十年寒窗，苦读诗书，总算得中进士，走上仕途，但不思为国为民，最后却因为贪图一颗夜明珠，落得个身首异处的下场。虽然当时吞掉赃物，没了证据，但想不到一百五十多年以后，鬼使神差，那赃物还是再现人间，重见天日，这不正应了那句俗话：若要人不知，除非己莫为！想到这里，卢大天不由浑身一抖，打了个寒战。

卢大天无意中得到那颗夜明珠，那成老板怕他有了钱就不再需要他的“经济担保”，连忙又找上门去，卢大天面对成老板的好意，道：“成老板啊，我自从离开家乡求学，二十多年了，从来没有回过家乡，这次回乡迁祖坟，我看到家乡似乎没有什么变化，乡亲们还是那么穷，孩子们上学要翻山越岭走几十里山路，我不由想起了自己的童年，可像我这样的幸运儿，没几个啊！我的心被震撼了。现在开发青龙山，只要国家政策允许，只要对乡亲们有利，我不反对。”见成老板怔怔地望着自己，似乎有些不解，又道，“你放心，现在卢家祖坟已经搬迁，公路可以马上开工。”

几天后，卢大天特地带了陈慰心和卢小飞回了一趟卢家湾，看到卢家湾的现状，陈慰心感慨地说：“想不到，大山里的乡亲们生活得这么艰辛啊！”

卢大天把祖上卢玮和那颗“垂棘之壁”夜明珠的故事讲给陈慰心和卢小飞听了，陈慰心道：“大天，你说得对，人在做，天在看。我们不能做对不起自己良心的事！”

当卢大天提出要把那颗夜明珠献给国家时，陈慰心欣然同意，说：“应该交给国家，不属于我们的，我们不能要！”

至于儿子卢小飞报考大学的事，卢小飞说：“山里那些贫困的孩子，就是考上了大学也没条件去读，而且眼下正缺师资，我决定报考师范！”

卢大天赞许道：“小飞说得好，毕业后就回到家乡当一名教师吧！”

乡村振兴

情系黄蜂山

这天一早，黄蜂山横山村村主任马金龙接到乡里一个电话，告诉他，上面给横山村下派了一名大学生村干部，担任村主任助理。马金龙一听可高兴了，总算给他派来了个有文化的助手了。

上面派下来的村干部名叫高峰，是一个白面书生，从小在省城长大，毕业于农学院，其实，高峰到横山村来当村干部，是他外公王大山促成的。王大山是位残疾军人、离休干部，今年已经九十三岁了。解放前夕，王大山是黄蜂山一带的中共游击队队长，在配合解放军解放杭州时，被炮弹炸断了双腿，因为行走不便，所以一直待在省城的荣军疗养院里。

上级批准高峰到黄蜂山一带当村干部后，王大山曾吩咐高峰，到那里后打听一个解放前养过蜂的人，这个养蜂人曾经救过他的命。但黄蜂山一带有十多个村子，不知道当年那个养蜂人是哪个村的，又不知名不知姓的，而且时间已经过去了整整七十年，这位当年的养蜂人现在到底还在不在人世，也不敢肯定。

于是，高峰选择了最偏僻的且村民经济收入最低的横山村。

高峰一到横山村，村主任马金龙就陪着他到各处走了走。

高峰问马金龙："金龙主任，看横山村漫山遍野都是树木花草，我们为什么不养蜜蜂呢？"

马金龙叹了一口气，说："二十世纪八十年代初，村民们曾经尝试着养过蜜蜂，但这山里的马蜂实在太多了，那可是蜜蜂的天敌啊！”

横山村坐落在黄蜂山山旮旯里，村民的住房也比较分散，因没有什么副业，非常穷。以前，村民们利用得天独厚的地理条件，曾养过蜜蜂，想不到，山里的马蜂非常多。养蜂人都知道，这些马蜂喜欢吃蜜蜂，它们的光顾往往给蜂群带来灭顶之灾，一到夏末至秋季，外界蜜源匮乏，马蜂就在空中截杀蜜蜂，有些马蜂甚至守在蜂箱出口，蜜蜂一出箱，就被凶狠的马蜂吃掉，还攻进蜂箱，把蜜蜂的幼蜂抓走喂自己的幼蜂。而养蜂人最怕的是，一旦有马蜂来袭，围攻巢门的时候，蜜蜂就会倾巢而出，涌出来应战，当然最后的结果是全体“阵亡”，仅仅几个小时，巢门前便蜂尸遍地，所以养蜂人往往会血本无归。

高峰笑道：“要消灭马蜂也容易，我有个高中同学，他在城里开药材公司，正大量收购马蜂窠呢！”

“什么，城里还收马蜂窠？”

“是啊，马蜂的成虫、幼虫和蜂巢都可入中药，也可食用！但蜂窠要等到冬天才能收取，现在刚刚入冬，正好可以带领乡亲们搜寻马蜂窠。”

于是，高峰带领村民在山里林间到处找马蜂窠，然后到城里卖给药材公司，一个冬天过去，马蜂窠差不多摘尽了，村民也有了经济收入。

没了马蜂的祸患，高峰便教乡亲们养蜂。这时，乡亲们才知道，原来高峰让乡亲们找马蜂窠，是为了养蜂做准备，这么一来，既消除了马蜂的隐患，又有了养蜂的资金。

但一到秋天，马蜂又来了。原来，高峰带领村民虽然摘除了大多的马蜂窠，但还有不少漏网之蜂，它们很快繁衍，一发现蜜蜂的踪影，马上赶来骚扰。对马蜂的骚扰，又不能用药，因为蜂类虽然种类不同，但体温和身体结构相似，一旦用药，也会影响蜜蜂。唯一的办法，就是守在蜂箱边手工扑杀，但那么多的蜂箱，靠人力根本顾不及。

高峰知道，要把马蜂赶尽杀绝，唯一的办法就是火攻，高峰准备入冬以后就发动村民用火焚烧马蜂窠，当他回省城把自己的想法告诉外公王大山时，他遭到了外公的坚决反对。

高峰说："如果不把马蜂灭绝，乡亲们怎么养蜜蜂啊？"

王大山说："我们能不能饲养马蜂呢？当年救我的那个养蜂人，就是饲养马蜂的。"

高峰说："我在学校学过课程，从理论上讲，马蜂是可以饲养的，但没有实践过，怕饲养失败，给乡亲们造成损失！而从经济的角度来说，养马蜂的利润比蜜蜂高，但马蜂比蜜蜂要难管理。而且马蜂的蜂王一定要野生的！"

王大山笑了："你只要找到当年那个养马蜂的人，这问题就迎刃而解了。"

当高峰向马金龙问起当地以前有没有人养过马蜂，马金龙告诉高峰："黄蜂山一带过去是有一些人养过马蜂，我们横山村也有一个人养过。"

高峰一听，忙问是谁养过马蜂。马金龙告诉高峰说："是残姥爷。"

原来，残姥爷的大名叫马大山，是马金龙的本族，论辈分，马大山还是马金龙的爷爷。马金龙小时候听人说，解放前夕，马大山养过马蜂，但没多久，他养的马蜂被国民党士兵给烧了，他还被国民党士兵用枪托打在脑袋上，从此落下了毛病，时而清醒，时而糊涂。解放后，他担任过横山村党支部书记，后来村里有人造反，他又被打了一顿，从此就更糊涂了，今年已经九十三岁了。

高峰刚到横山村时，曾去看过这位和他外公同名又同年的老支书，这位乡亲们称他为“残姥爷”的老支书，只要天晴，他就坐在门前晒太阳，还时不时地从兜里摸出一枚银圆把玩着。高峰去看他时，见他说话语无伦次，以前的事好像什么都不记得了，后来光顾着养蜂的事，也没去看他。

听马金龙说马大山曾经养过马蜂，心里想：老支书年纪和外公同岁，当年也养过马蜂，他是不是外公要找的那个养蜂人呢？

于是，高峰又找到老支书家里，可老支书还是表情漠然，说话语无伦次，问他什么事，也是答非所问。后来，当高峰说起乡亲们正在养蜜蜂的事时，老支书忽然说了一句：“养蜜蜂，要防备马蜂！”

当高峰问他要怎么防备时，老支书又闭上眼睛，再不说话了。

王大山听高峰说了马大山的情况，兴奋地说：“这位马大山一定就是当年救我的那位养蜂人，我得去找他！”

高峰说：“外公啊，这位老支书如今什么都不知道了，说话也是语无伦次！”

“就是这样，我也得去看他一眼，了却我七十年的心愿！”

于是，高峰陪外公先坐车到了黄蜂山下，村民们一听高峰的外公——当年的游击队长要来村里看望老支书，年轻人马上自发地组织起来，用躺椅做了一架滑竿，把王大山抬到了村里。

当一行人来到老支书家里，王大山握住老支书的手，说：“老哥啊，您老不但和我是同年，还和我是同名呢！”

见老支书好像没什么反应，王大山又说：“当年我在黄蜂山打游击时，曾经被一个养蜂人救了。”

果然，高峰发现老支书的眼睛亮了，他注视了王大山好一会儿，问道：“你，游击队，当年被一个养蜂人藏在一个水塘里？”

一边的高峰差一点跳了起来，激动地说："是的！"

"养蜂人让游击队员头上戴一张荷叶？"

"是啊，是啊，后来，这些马蜂被国民党士兵给烧了……"

"你就是当年黄蜂山的游击队队长？"

"是啊，老支书，您还记得这件事？"

"我……我什么事都能忘，就这件事不能忘！"

中华人民共和国成立前夕，王大山在黄蜂山一带打游击，一天，游击队带着绘制的国民党部队杭州城防图准备下山迎接解放军南下解放杭州，但王大山带了几名战士刚下山，就被国民党一个连盯上了，经过一场激战，几名战士英勇牺牲，王大山退到山上，但国民党士兵紧紧追杀，正在危急关头，一个养蜂的小伙子让他下水躲进了水塘，让他蹲在水中，只露出脑袋，养蜂人又让他摘了一片荷叶，盖在头上。不一会儿，几十个国民党士兵包围上来，但找来找去找不到游击队，一个军官望着满满一水塘的荷叶，阴险地说："这里没有其他藏身的地方，这个游击队一定藏在水塘里！"他命令士兵往水塘里掷手榴弹。这时，养蜂的小伙子猛地踢翻了两只蜂箱，那些蜂儿受了惊吓，知道有敌来犯，便一股风似的飞了出来。蜂是会传递信的，一箱传一箱，一刹那间，几十箱蜂儿漫天飞舞，朝着进入它们领地的国民党士兵发起攻击。

这些蜂特别大，蜇人也特别凶，这群国民党士兵被蜇得鬼哭狼嚎，连滚带爬地逃下山去。据说蜇死了十多个国民党士兵，还有几个滚下山坡摔死了。

这群国民党兵为了报复，就燃起火把，把几十只马蜂箱烧了个精光，又把养蜂人毒打了一顿。

养蜂人的家人听到动静，才把养蜂人抬下山去。那些放火的国民党士兵走后，王大山从水塘里出来，在养蜂人的窝棚里留下了身上唯一的一枚银圆，就下山找到了解放军，把杭州城里国民党军队的布防图交给了首长，解放军根据情报，顺利解放了杭州。

老支书哆嗦着手从口袋里掏出一枚银圆："我一直在等你回来，把这枚银圆还给你！"

王大山道："老哥啊，当年你损失了蜂，还受了伤，这是补偿你的啊！"

老支书摇了摇头："你们拼了命为老百姓，我这几箱马蜂不算什么。你啊，只要能来看看我就行了！"

高峰道："老支书啊，我外公在解放杭州的战斗中，被炮弹炸断了双腿，要不，他早就到黄蜂山来找您了！"

王大山道："老哥啊，当年，你不仅仅是救了我，而且救了杭州城，要不是那份杭州城防图，解放军要解放杭州，还不知道要费多少周折呢！这些年来，我一直想来找你，但无奈已经伤残，只好让我的小外孙高峰报考农学院，让他毕业后到黄蜂山来帮乡亲们养蜂。老哥啊，我记得当年你养的那些蜂特别大，应该是马蜂！"

老支书说："是的，当年我饲养的就是马蜂！马蜂也是可以饲养的，但不能和蜜蜂同时养。因为蜜蜂最大的天敌就是马蜂。"

高峰说："我们黄蜂山上这么优厚的条件，如果同时饲养马蜂和蜜蜂，那该多好啊！"

老支书说："孩子，你放心大胆地实践吧，就是失败了，也可以重新来过！"

要养马蜂，先要捕捉马蜂王，但怎么才能捕捉到马蜂王呢？

老支书说，他小时候，每年农历九月后，野外的马蜂蜂巢里，密密麻麻的全是成熟的蜂蛹，其中就有一只是蜂王，但这些蜂巢都很隐蔽，很难找到，一定要抓一只外出觅食或打浆的工蜂，在它们腿上拴上红线，然后跟着红线追，最终找到蜂巢，用火将发疯的工蜂驱散，摘巢取蛹，捕捉蜂王。他当年养的马蜂，就是捉一只蜻蜓当诱饵，捕捉到工蜂，再找到了蜂王！

虽然，这是一些土办法，但高峰还是按照老支书说的，捉了蜻蜓之类的昆虫诱捕马蜂，将食物放在红线做成的线圈内。马蜂来吃食物，高峰抓住红线两端轻轻一拉，线圈就套在马蜂的腰上了。被打上记号的蜂子会在傍晚时飞回自己的巢穴，然后他跟着红线，追着这只野蜂，找到它的蜂巢，捉了蜂王。

可是一到冬天，好不容易捉回的蜂王被冻死了。

怎样才能保证蜂王过冬冻不死呢？有一次，高峰帮老支书劈柴，这些山柴都是从山上砍来的树杆子。高峰发现劈开的老柴疙瘩里，居然有像地道一样细细小小的通道，里面躺着冬眠的马蜂王。原来蜂王可以躲在树木的洞中过冬，于是他找来工具钻木头，给过冬的蜂王们建起一个个巢穴。

有了过冬的巢穴，从野外捉回的蜂王就不会被冻死，还解决了蜂王喂食、补充营养液、增加温度过冬等问题。

解决了驯化、喂食、过冬和繁殖等一系列问题后，在高峰的主持下，黄蜂山建立了马蜂养殖场，开始成批量、大规模饲养马蜂。

马蜂本来就喜欢吃蜜蜂，那么为什么就不吃本场的蜜蜂呢？高峰经过实践，发现马蜂每次起飞都是直接往高空直直地飞，本场的蜜蜂它就不会发现，所以很少有同一个点养殖的马蜂来侵扰蜜蜂。但还是有一些马蜂会侵袭本场蜜蜂，老支书建议说，在蜜蜂养殖箱旁边种上几株旱烟，因为马蜂最不喜欢旱烟的气味。

马金龙高兴地说："我们山村的土办法，加上高峰带来的科学技术，横山村三年内一定能致富！"

老支书说话了："要致富的，不仅仅是我们横山村，而是整个黄蜂山！"

王大山和高峰在一边笑了。

"雄地"还是"财神地"

张癞子一当上村主任，第一件事就是要把村民张大力承包的十八亩醉李地夺到自己手里。

醉李村是个小村，因出产醉李而久负盛名，这个地方的土质适应这种既似苹果又像梨的水果生长。这江南醉李的历史悠久，名气很大，因为种植的面积小、产量低，原来曾经是进贡朝廷的贡品，现在不兴进贡了，果农拿到市场上，每斤能卖到五六十元呢！有人曾将醉李移植到外地，但移植出去的醉李从来没有挂过果，专家说，醉李这种水果恋故土，离开了故土，就结不了果。

两年前，醉李村新辟了一块最大的醉李园，足足十八亩，被村民们誉为"财神地"。因为醉李这位"财神爷"难侍候，弄不好下了种会"全军覆灭"，白忙一场，而且成本又高，所以当时无人敢接手承包，最后张大力在"毛脚媳妇"小苗姑娘的支持下，承包了下来。张大力的儿子张小力和"苗苗花木苗圃"的经营者小苗姑娘已经恋爱了一年多，最近正在张罗办婚事。

张大力一家全身心扑在十八亩醉李地里，先是精耕细作，然后下了醉李种，如今这十八亩醉李苗长得郁郁葱葱，待一开春，就可以嫁接了，直把张癞子看得眼睛都红了。

张癞子要夺地，张大力当然不肯，但胳膊拗不过大腿，张癞子是村主任，他的姑父是县上一个局长，表兄是乡里的副乡长。但张大力不信邪，他来到乡里告状，到乡政府门口，刚好碰上“毛脚媳妇”小苗。这天小苗正往乡政府送绿化树苗，她得知张大力的来意，也很气愤，但她想了想，却劝张大力回家，说：“先忍一忍吧，别给乡里添麻烦了。”

张大力哪里肯听，急叫道：“这怎么行！要知道，这十八亩醉李地，我花了多少心血，这可是我们一家的命根子！”

小苗又劝他道：“和张癞子硬斗是斗不过的，这块醉李地他要就转让给他吧，因为我已经仔细看了这十八亩醉李地，原来是块雄地呢。”

张大力吃了一惊，他知道，如果说果树属雄性，就不会结果子，但树木属雄性的概率非常小，一个果园最多也只有一两棵，这土地竟然也有雌雄之分，他种了一辈子地，也没听说过。

小苗见张大力犹豫，又道：“您尽管把地价开得高，他张癞子存心夺地，不会在乎地价的高低，还有，您回家后马上放出风声，说这十八亩醉李地是块雄地。”

张大力道：“你是说张癞子听到这十八亩‘财神地’是雄地，他就会罢手？”

小苗笑了：“他张癞子不会这么蠢，但您老尽管照我的吩咐去做，几年以后该后悔的一定是他张癞子！”

张大力见小苗说得一本正经，便回到村里，逢人就说自己承包的十八亩“财神地”原来是块雄地。这些话自然也传到了张癞子的耳朵里，张瘌子却哈哈笑了，想：这老家伙，不舍得出让醉李地，却说是什么雄地，这世上谁听说过土地有雌雄之分的？说是雄地，想吓唬我，当我傻瓜呢！

于是，张瘌子按照张大力开出的转让价格，付了“承包转让费”，顺利地把十八亩“财神地”夺到了手。果树嫁接时，他来到乡农技站，请乡农技站的技术员帮他嫁接，谁知农技站的技术员去地区学习了。这嫁接果树苗讲究的可是时节，时节一错过，可又得拖延一年。但眼下会果树嫁接的，只有“苗苗花木苗圃”的小苗姑娘。张瘌子当然知道小苗和张小力的关系，怕小苗嫁接时做“手脚”，为了保险，和两个儿子亲自为小苗当助手，跟她一起去良种醉李地里剪嫁接枝条，还亲自选中一片特别青翠、柔嫩的醉李枝条为嫁接枝条。嫁接时，又寸步不离，半个月后，十八亩醉李苗全部嫁接好了。

这年的雨水调匀，这一片醉李长得枝繁叶茂，张瘌子看在眼里，乐在心里，想：两年以后，等醉李一挂果，嘿嘿，这可是真正的“财神地”啊！

转眼到第三年春天，张瘌子想这十八亩醉李今年可以挂果了，谁知到了三月底四月初，眼见得周围的醉李开出一片白茫茫雪花般的花朵，而自己的十八亩醉李除了绿茵茵的叶子，竟没有一朵花苞。张瘌子这才着了急，找刚刚嫁进张大力家成了张小力新娘子的小苗，气急败坏地责问道：“你在我十八亩‘财神地’搞了什么鬼？为什么别人的醉李都开了花，我的却只是一片绿茵茵？”

小苗吃惊地道：“当初嫁接的时候，你和两个儿子一直跟在我身边打下手，这些醉李的嫁接枝条也是你自己选取的又柔又软的嫩枝条，还是你们自己动的手……”

这时一旁的张大力也接口道：“我早就说过，这十八亩‘财神地’是雄地，是‘雄财神’呢，你偏不信，能怪谁？”

张癞子哪里肯相信，把乡农技站那个刚大学毕业的技术员请到“财神地”，请他找找原因，可那技术员转来转去看了半天，却看不出什么名堂来。

到夏季，张癞子眼看四周的醉李树上硕果累累，挂满了一枚枚乒乓球般大小的醉李，飘来一阵阵醉人的果香味。而自己的十八亩“财神地”呢，醉李树上除了枝条就是叶子，虽然枝繁叶茂，一片绿油油，可在张癞子的眼里，却好似一片萧条凄凉的景象。但张癞子还抱有一丝侥幸心理，想等明年再说。谁知等到第二年，十八亩醉李林还是老样子，除了一片绿油油的树叶，一个果子也没有。就这样张癞子在焦虑中又等了一年，可那醉李树还是一片青翠碧绿，没开一朵花，当然也没结一枚果。张癞子终于忍不住了，想不到自己做了“猪头三”，真的买了一块“雄地”。他考虑再三，决定凭手中的权力，把这十八亩“雄地”趁早退还给张大力。

张大力当然不肯，说：“当时你张癞子凭着村主任的威势，强迫我出让‘财神地’，如今不称心，说还就还了？”但最后，张大力经不住张癞子的软磨硬逼加威胁，以原来转让价的三分之一把这十八亩“财神地”又接手过来。张癞子怕张大力以后反悔，一定要签署合约，还到县上的公证处做了公证。张大力一拿到经过公证的合约，马上和儿子小力把十八亩醉李地松土施肥。张癞子见了，不由暗暗好笑，想：这地还是雄地，这醉李树还是这些醉李树，你松松土、施施肥，顶个屁用！

谁知第二年春天，这十八亩“财神地”上的醉李树，竟和周围的醉李树一样，开出了一片白茫茫的花苞。花开谢后，一枚枚青翠可爱的醉李长出来了，直乐得张大力成天咧着嘴笑。到这时，张癞子才发觉又上了当，便又要想歪点子夺回“财神地”。可这时，张大力真的不买他的账了。原来，不久前，张癞子那位表兄副乡长因贪污行贿，不但被免了职，还被判了三年刑。张癞子又去找在县上当局长的姑父，谁知局长姑父问清情由，反而狠狠地训了张癞子一顿，说：“你张癞子身为村主任，不为村民致富着想，净想些歪门邪道，不配当这个村主任。”张癞子碰了一鼻子灰回来，越想越气，便仗着自己是村主任，几次三番找到张大力家中，要把这块“财神地”夺回来，还写了一张诉状，把张大力告上了法庭。

小苗就陪着张大力来到法院，拿出当初签署的公证合约。法院当然按合约上的签署判张癞子败诉。张癞子气得差点昏过去，他冲着张大力叫道：“算你狠，但你别忘了，我还是村主任！”

但张癞子没有想到，一个月后，在村民民主选举中，张癞子被落选了下来。张癞子村主任当不成了，威风当然也抖不出来啦。

醉李成熟的时候，张大力一家喜盈盈地采摘醉李，村民们心中都存着疑问：为什么这十八亩“财神地”在张癞子手里便成了雄地，一朵花也没开，一个果子也没结，而一回到张大力手上，就能开花结果了呢？

后来，还是小苗向大家揭了谜底。原来，当时小苗知道张癞子仗着乡里有“靠山”，在村上横行霸道，凭张大力这么个老实巴交的农民，硬斗是肯定斗不过他的，就想了个主意，还要趁机惩罚一下张癞子这个“村霸”，便劝张大力把“财神地”转让给张癞子，而在嫁接时，张癞子正好自作聪明选取了当年生成的嫩枝条嫁接，因为成年枝条嫁接后第三年就能挂果，而当年的嫩枝条则要推迟三年挂果。这些农技知识，像张癞子这样的人是根本不懂的。小苗还估计到，像张癞子这样横行霸道的村干部，是肯定干不长的，在几年后的选举中，肯定不会连任村主任。而张大力这几年的损失，就凭这两次土地转让费的差额，已经从张癞子手里赚回来了。

村民们都很佩服小苗的聪明，不但巧妙地惩罚了村霸，同时也让大家懂得了农村科学技术的重要性。

家传秘方

梧桐一带，特产非常多，除了白菊、红菱、槜李，还盛产一种更接地气的特产——番薯。梧桐的番薯品种优秀，薄皮红心，生吃像生栗子，熟吃像熟栗子，被大家称作“栗子番薯”，被做成番薯干就更好吃了，番薯干色泽晶莹，放上一年还是原来的天然甜味，所以梧桐的番薯干出了名。而桃园村陶阿福做的番薯干更好吃，有人说：“江南番薯干出自梧桐，梧桐要数桃园村，村中要数陶阿福！”

为什么陶阿福做的番薯干这么好吃呢？因为陶阿福有秘方啊！

陶家祖上什么时候开始制作番薯干，没有人知道。光绪年间，皇宫里曾有人来到梧桐县，说是要陶家人入宫做事。当时陶家主人叫陶咏春，陶咏春到了宫里才知道，原来慈禧太后和光绪皇上山珍海味、满汉全席吃腻了，想尝尝山村农家的小吃，要各地推荐有地方特色的农家小吃。有人便向慈禧太后推荐了梧桐番薯干。

陶咏春入宫，成了皇家的御厨，专门做番薯干。做番薯干不仅仅是技术，番薯的品种也很要紧，就是要梧桐一带出产的番薯才能做，就这样，梧桐的番薯成了贡品。

大清王朝被推翻后，陶咏春回到家乡，靠着宫里的几年“俸禄”，造了三间像模像样的平房，平时专门做番薯干，这番薯干就成了陶家一绝。

有人曾向陶阿福要秘方，但陶阿福摇头，笑着说：“既然是秘方，我怎么会轻易拿出来？”

有几个聪明人曾暗中跟着陶阿福做番薯干，比如：同样的番薯，陶阿福蒸多少时间，聪明人也蒸多少时间；陶阿福切多大，聪明人也切多大；陶阿福晒多少时间，聪明人也晒多少时间。但到最后，陶阿福做出来的番薯干色泽晶莹，像一块块琥珀色的宝石，又香又糯又甜。但几个聪明人做出来的番薯干，色、香、味，怎么也不及陶阿福做出来的番薯干。

陶阿福曾经自豪地说：“做番薯干就好比做三白酒，做三白酒要掌握温度、湿度，我做的番薯干也一样，湿度影响温度，温度可以改变湿度。湿度高了温度低，温度高了湿度低，只有掌握了温度、湿度，这样才能做出好的番薯干！”

陶阿福在村里开了一家小店，专门经营番薯干。虽然产量不多，但销路很好。用城里人的话说：“香又香、糯又糯、甜又甜。”所以每当番薯干做出来，不要说梧桐城里的吃客，就是杭州城里的吃客，也会上门来求购。

前一段时间，儿子陶荟告诉父亲，他在城里找了个女朋友，陶荟在城里一家公司工作，住在出租房里。这天，陶阿福进城去看儿子，他拿着儿子写给他的地址，在县城里找了好半天，才找到了儿子的出租房。陶阿福想不到，堂堂大学生，在大公司工作的儿子竟住在一间二十多平方米的小屋子，房租还要一千多元，便要儿子在城里买套房。

陶荟笑道："老爸啊，你老住在乡下，不晓市面，城里的房价啊，高呢！"

陶阿福知道，要在城里买房，得给儿子准备一大笔钱。

第二天一早，陶阿福要回乡下，到汽车站，碰到了远亲何阿荣，何阿荣道："福哥，巧了，我正要到桃园村找你呢！"

陶阿福带了何阿荣回家，让阿福嫂烧了几个菜，开了一瓶花雕酒，招待何阿荣。他知道，自己和何阿荣虽然带着亲，但远得八竿子也打不到，以前也没什么来往，何阿荣现在找他，肯定有什么事。果然，何阿荣喝了一口酒，把脑袋凑到陶阿福面前，神秘兮兮地说："哥啊，我来找你发财了！"

说得陶阿福一脸懵懂："我一个种地的，发什么财？"

何阿荣道："我大侄子陶荟在城里工作，听说找了女朋友，正愁没钱买房子呢！"

陶阿福道："是啊，在城里买房子，那可是一大笔钞票啊！"

何阿荣笑道："这房子的钞票，有人给！"

原来，何阿荣有个远房侄子在日本打工，那个日本老板听说梧桐的番薯干天下闻名，想买下陶阿福这份秘方。见陶阿福摇头，何阿荣笑道："哥，你傻啊，你把秘方卖给日本人，他们在日本做番薯干，你在中国做番薯干，两不相干！再说了，我们大侄子在城里结婚的房子也解决了！"

陶阿福喝了一口酒，忽然哈哈笑了，笑得何阿荣莫名其妙。

陶阿福道："十年前，我老爸把番薯干配方交给我的时候，曾给我讲过一个故事。"

原来，抗战时期，日本人占领了梧桐县，驻守县城的鬼子长官名叫龟太郎，得知桃园村的陶老大有一道做番薯干的秘方，便带了几个鬼子兵和伪军“和平兵”来到了桃园村，要陶老大把那张秘方交出来。陶老大得知消息，知道日本鬼子凶恶残暴，杀人不眨眼，就带了一家老小躲进了天花荡。龟太郎得知陶老大躲进了天花荡，带了鬼子兵和“和平兵”去搜，但茫茫天花荡，水上芦苇无边无际，连进去的路也找不到，还差点淹死了几个鬼子兵，龟太郎勃然大怒，就放了一把火，把陶家三间平房烧了个精光。

何阿荣听了，嘻嘻笑道：“哥，那是日本鬼子强抢，如今可是出钱向你买啊！”

陶阿福站起身，正色道：“我家祖传的秘方，是不会给任何人的，更别说是日本人了！再说了，日本有我们梧桐的土吗？日本有我们梧桐的水吗？日本种得出我们梧桐的栗子番薯吗？”

何阿荣知道说不动陶阿福，悻悻地道：“真傻，真傻！一张纸换一套房啊……”

这天，陶阿福正在小店里忙着照顾生意，一个姑娘进了店，姑娘在店里转了一会儿，买了一斤番薯干，拿起一块尝了尝，露出了笑容。

陶阿福笑道：“我陶阿福不是吹，整个梧桐县，没人能做出我这样好吃的番薯干！”

姑娘道：“大叔啊，我是慕你的大名，来买番薯干的，果然与别家的不同。”

陶阿福道：“当然，我家番薯干的做法，那可是历经几百年传下来的！”

“是啊，我们梧桐的番薯，是一种富含矿物质、维生素及食物纤维的碱性食品，能维持人体的营养平衡，做出来的番薯干，天下一绝！”

陶阿荣听了姑娘的话，乐了：“你还懂番薯干？”

“噢，大叔，我想和你商量点事。”

陶阿福心里高兴，笑道：“姑娘，你说，什么事？”

“大叔，你能不能把这配方拿出来……”

陶阿福一听，心想：不好，前几天这个何阿荣来找我要秘方没有谈成功，今天来使美人计了！便打断姑娘的话：“且住，是不是那个日本人派你来的？”

姑娘一脸懵懂：“什么日本人？我是扶贫办的，我姓金……是这样的，你如果把配方拿出来，我们可以给你一笔奖金。”

陶阿福看她一个姑娘，不好意思发火，便转了个身，顾自做自己生意，再也不理姑娘了。

姑娘见陶阿福不回应，只好走了。

陶阿福的番薯干卖得好，没多久，就成了村里的首富，这一年，村委会换届选举，陶阿福被选上了村委会主任。

这天，陶阿福从城里参加村主任学习班，学习班上，参会的村主任各自介绍了自己所在村如何利用地方特色带动村民致富的经验。

轮到陶阿福了，他支支吾吾涨红了脸，其他几位村主任说：“老陶的桃园村条件比我们好多了！”

“桃园村的土质好，番薯品种好，是我们县的一大特色产业！”

“是啊，老陶做的番薯干更是一绝，桃园村应该会富起来的！”

听大家七嘴八舌地称赞桃园村，陶阿福的脸更红了，他不由脱口而出：“大家放心，我一定把做番薯干的秘方亮出来，带动村民共同致富！”

从学习班回来，当天晚上，陶阿福躺在床上，翻来覆去，竟一夜没睡着，阿福嫂问他出了什么事，他也不肯说。

第二天，陶阿福给城里工作的儿子陶荟打了个电话，要他回家一趟。儿子在电话里说，他也正想回家一趟，有事找爸呢。

当天下午，陶荟回来了，陶阿福告诉儿子，说要开个家庭会议。陶荟想：我的事等开了家庭会议后再说吧。

原来，陶阿福见其他村都富起来了，自己作为村主任，也想带领村民们富起来，便在学习班上表了态，想成立一个专业合作社，把做番薯干的秘方拿出来。

这下，阿福嫂不干了，叫道："阿福，为什么啊？"

"我想让我们全村的村民都参加合作社，专门做番薯干！"

"这祖传的秘方，那次何阿荣拿一套城里的房子和你换，你不舍得拿出来，今天就这么拿出来了？"

陶阿福道："其他村都利用地方资源富了起来，这次参加了城里的村主任学习班，县领导给我们上课，说：'一人富，不算富，我们做村干部的，就是要带领乡亲们共同致富！'我想来想去，我们村没什么稀罕东西，但盛产番薯，可以家家做番薯干，销到城里，销到杭州，那不是一条共同致富的路嘛！"

阿福嫂知道说不过陶阿福，便希望儿子出面反对，谁知陶荟不说话，只是笑。阿福嫂见儿子不表态，便道："儿啊，你爸他说得轻巧，如今，你就要张罗婚事，你也得和我儿媳妇商量商量！"

陶阿福道："还没有娶进家门哩，商量什么？"

陶荟一听："哎，爸，这就是你的不对了，虽然还没有娶进门，但她已答应和我结婚了，我们已经成了一家人，她可也有发言权哪！"

阿福嫂笑了："我儿子说得对！"

这下陶阿福急了："她如果反对，我就反对你们的婚事！"

"凭什么反对我们的婚事啊？"随着一声笑吟吟的"责问"声，一个姑娘进了门。

陶荟一见，道："金晓英，你怎么来了？"来人正是陶荟的未婚妻金晓英。

金晓英笑道："我怕你说服不了你爸，帮你来了！"

陶阿福想不到自己随口说的一句话，竟被未来的儿媳听到了，不由有些尴尬。

金晓英笑了："大叔，你还记得我吧，我到您老店里买过番薯干！"

这时，陶阿福想起来了："对，对，你就是和平办的小金！"

陶荟笑了："什么和平办，那是扶贫办！"

原来，这一带的"和平"和"扶贫"发音一样，因为先前那个何阿荣和陶阿福说起过日本人要秘方的事，所以金晓英说的"扶贫"，陶阿福听作了"和平"。

阿福嫂见未来儿媳妇上门，乐得倒水泡茶。金晓英笑着问陶荟："怎么，做不通爸的工作？"

陶荟笑道："爸的工作不用做，这会儿要做的，是咱妈的工作！"

阿福嫂白了一眼儿子："瞧你说的，妈也不是老顽固，只要我的儿媳妇同意，我举双手同意！"

陶荟见大家通过，便让老爸把配方拿出来！

谁知陶阿福哈哈笑道："哈哈，爸哪有什么配方！这技术在爸心里头装着呢！"

于是，桃园村成立了专业合作社，陶阿福口述，陶荟记录，把秘方誊写了，凡加入合作社的，每人一份。临了，陶阿福告诉大家，也不能单单按“秘方”来做，这番薯蒸熟的程度、放凉的温度、切块的大小、曝晒的时间等，都要随机应变，不能一成不变，就连鲜番薯存放的时间也要掌握，才能把番薯里的淀粉转化成更多的糖分。只有灵活机动，才能做出最优质的番薯干，这才是真正的秘方呢！

不久，陶荟和金晓英举行了婚礼，婚后，陶荟回到村里，建立了网络销售平台，制作了真空包装的礼盒，把番薯干卖得更好、更远。

金晓英还说服公公陶阿福，把做番薯干的技术介绍给其他地区。陶阿福乐呵呵地说：“以我所能，助人以需！”

阿福嫂问他是什么意思，陶阿福道：“这是我们儿媳妇说的，你问她去！”

二十年前设计的商标

濮天竞的兄妹毛衫有限公司生意做得很大，但近几年来，毛衫市场竞争激烈，生产的毛衫不但要样式新颖，而且顾客对点缀的花纹图案越来越挑剔。濮天竞有一个专门设计图案的团队，一个个都出手不凡，但这一段时间他们设计了好几个图案，濮天竞都不满意。

这天，濮天竞从抽屉里拿出一张纸来，纸上是一幅画，画里有用蜡笔画的两个孩子：一个男孩穿着红衣，一个女孩穿着绿衣，两个孩子肩并肩靠在一起，两双大眼睛望着前方。

这张画，是二十年前濮天竞的妹妹画的。

濮天竞的父母是新濮院人，他们带着一双儿女，从遥远的大山来到江南小镇濮院，随着改革开放的春风，他们开始在濮院创业。

那一年，濮天竞十岁，妹妹濮天缨六岁，濮天竞上小学三年级，妹妹濮天缨上幼儿园。平常，妹妹都是爸爸或者妈妈到幼儿园接回家的，但这一天濮天竞的爸爸和妈妈要给客户送货，于是，十岁的濮天竞自告奋勇，放学后到幼儿园去接妹妹。

幼儿园老师正在教小朋友用蜡笔画画，濮天竞在门口等到放学，他走进妹妹的教室，只见濮天缨用蜡笔画了两个小朋友，一个男孩穿着红衣，一个女孩穿着绿衣，两个小孩肩并肩靠在一起，显得很亲密。

濮天缨用小手指着那个男孩，说："竞哥哥，这个是你。"又指着那个女孩，说，"这个是我，我们永远不分开！"

濮天竞笑着说："画得真好！"

濮天缨把那张画交给濮天竞："送给竞哥哥！"

濮天竞接过画，牵了濮天缨的手离开了幼儿园。

刚到梅泾公园门口，忽然，前面一辆卡车失控，横冲直撞，行人吓得乱跑，濮天竞牵了濮天缨的手，刚想往边上逃，但一大群慌乱的人蜂拥过来，把兄妹俩冲散了。

等人群散去，濮天竞却怎么也找不到妹妹了，他找啊找，一直没有找到，便一屁股坐在地上，号啕大哭起来。一直到他爸爸和妈妈找来，他又和爸爸、妈妈一起找，但妹妹好像从这个世界上消失了。

妹妹的失踪，成了濮天竞心中永远的痛。

濮天竞高中毕业后，在毛衫市场租了一间店面，经营羊毛衫生意。小镇的发展越来越好，濮天竞的生意越做越大。濮天竞结婚后，和妻子一起成立了公司，因为怀念妹妹，他把公司取名为兄妹毛衫有限公司，把产品销到了海外，工作之余，他还一直在寻找妹妹，但整整二十年过去了，一直没有妹妹的信息。

这会儿，濮天竞拿着当年妹妹画的那张画，看着看着，眼泪不知不觉地淌了下来。猛然，他从心里冒出一个想法来：可以把妹妹当年画的画设计到衣服上，一是怀念妹妹，二是这幅充满童趣的画不是非常新颖别致嘛！

这天，濮院毛衫管委会接到省城有关部门的通知，说香港著名的振华贸易公司总经理要到濮院考察毛衫生产情况，如果条件允许，他们想和濮院有实力的毛衫公司合作，联合开发新项目。

管委会领导就让办公室主任鲍一卉负责接待。

香港振华贸易有限公司的总经理名叫王思竞，是个非常漂亮的姑娘，她来到濮院，在鲍一卉的陪同下参观了毛衫市场，她为江南小镇有这么一个规模宏大的专业市场赞叹不已。最后，王思竞提出要参观一下濮院生产毛衫的公司。鲍一卉便说："濮院规模最大的公司，就是兄妹毛衫有限公司，集设计、生产、销售为一体，而且是一个即将上市的公司。"

"兄妹毛衫？"王思竞笑道，"这家公司是不是哥哥和妹妹一起成立的？"

鲍一卉道："不，只有哥哥，没有妹妹！"

"噢，没有妹妹，怎么会取兄妹呢？"王思竞自言自语地说。

鲍一卉陪着王思竞来到濮天竞的"兄妹公司"，向她介绍了公司总经理濮天竞。王思竞一见濮天竞，惊讶地说："想不到，如此规模宏大的公司，总经理竟然是个年轻人！"

濮天竞也笑道："香港著名的振华公司总经理，竟然是个小姑娘。”

王思竞道：“我和你濮总不一样啊，我的公司是父母留给我的，而你，是靠自己打拼出来的。”

濮天竞道：“那是靠国家的政策扶持、政府支持，改革开放这些年来，别的地方不说，就在我们濮院小镇，像我这样规模的毛衫公司，有几十家呢！”

在产品陈列室，王思竞看了兄妹公司的毛衫样式，不由赞叹道：“不错，不错，濮院的毛衫，原来在香港销路就很好，而现在新设计的这些款式，更适合香港未来的市场。”

濮天竞陪王思竞来到设计室，只见宽敞的设计室里，设计人员正在工作，王思竞看到这些设计的样式，由衷地称赞道：“难怪，濮总有如此优秀的设计人员，所以能跟得上市场的发展……”

忽然，王思竞发现桌子上有一件折叠的毛衫。濮天竞见王思竞注意这件毛衫，便笑道：“这件毛衫上的饰花是我们公司……噢，怎么说呢？说是新设计的吧，但是二十年前就已经完成的画稿……现在还没有最后定稿……”

也许是出于职业的习惯，对新设计的样式、花饰特别关注，又听濮天竞说是二十年前的画稿，不由引起了王思竞的好奇心，便笑道：“濮总，能让我看一看吗？”

一般来说，还没有正式定稿的设计图案，是不方便给别人看的，所以濮天竞笑道：“还没有最后定稿呢，还是不要看了吧。”

王思竞当然知道行业规则，便说：“对不起，对不起，这可是商业机密啊！”

这一下，濮天竞反倒有点不好意思了：“不，不，这样吧，请王总给我们提提意见。”

王思竞也笑了：“不敢，不敢，我可不敢在关云长面前使大刀啊！”

濮天竞摊开那件毛衫，毛衫的前胸图饰是两个孩子，一个男孩穿着红衣，一个女孩穿着绿衣，两个孩子肩并肩靠在一起，两双大眼睛望着前方。

当王思竞一看毛衫上的图案时，一双眼睛不由闪烁出一种奇异的光来。

濮天竞发现王思竞的异样，问道：“王总，你怎么啦？”

好一会儿，王思竞抬起头，问道：“濮总，请问，这个图案是谁……是谁设计的？”

濮天竞用手轻轻地抚摸着图案，深情地说：“是我妹妹设计的。”

“啊？你妹妹，恕我冒昧，我能见见她吗？”

“不能。”濮天竞摇了摇头。

“为什么？”

二十年前的场景，还清晰地刻在濮天竞的脑海里，他回答说：“二十年前，我妹妹就失踪了……这幅画是妹妹最后留给我的。”

“二十年前？”王思竞激动得有些语无伦次，她一双漂亮的眼睛看着濮天竞，“这张画，是你到幼儿园接妹妹的时候，你妹妹在幼儿园画的？”

濮天竞猛地站起身来：“是！”

“放学的时候，你妹妹把画送给你了？”

濮天竞一双眼睛睁圆了：“是！”

“放学了，你牵着妹妹的手，走出了幼儿园，在一个公园门口，有一大群人涌来，你和妹妹走散了？”

濮天竞几乎是叫了起来：“是！”

猛然，王思竞一下扑在濮天竞怀里：“哥……”

眼前的一幕，把鲍一卉和设计室的工作人员都惊呆了。

原来，那天，梅泾公园门口，在混乱之中，小天缨和哥哥失散了，她边哭边喊，但混乱中谁也顾不上她，忽然，她被一个中年人抱住，她以为是爸爸和妈妈来找她了，便停止了哭，那人把她抱上一辆面包车，她一看，是个陌生人，便又哭叫起来，但面包车开动，很快驶上了国道。

不用说，小天缨遭遇了人贩子。

小天缨被人贩子卖给了一对山里的夫妇，他们在省城火车站交易，人贩子拿了钱走了，那对山里的夫妇抱着小天缨进了火车站，小天缨又哭又闹，一只鞋也挣脱了，掉在地上，但那对夫妇只看了那只掉在地上的鞋一眼，顾自抱了小天缨往前挤，这一幕，被一对香港夫妇看到了，连忙报了警，警察拦住了这对山里的夫妇。起先，这对夫妇一口咬定，说小天缨是自己的孩子。

警察问道："既然是你们自己的孩子，孩子叫什么名字？"

这对夫妇还狡辩："我们山里人没给孩子起名。"

香港客人反问道："如果真是你们自己的孩子，孩子的鞋掉了，你们会不捡吗？"

在事实面前，这对非法买儿童的夫妇才认了罪。但孩子是从哪里拐来的，他们却不知道。小天缨才六岁，根本不知道自己的家在哪里，只知道那是一个美丽的小镇，一条小河环绕，河边有一座公园，家里有爸爸、妈妈，还有个竞哥哥。

类似的小镇、类似的家庭，真是太多了，警察只能把孩子送到了收容所，几个月后，那对香港夫妇认养了小天缨。原来这对香港夫妇姓王，经营香港振华贸易公司，他们没有儿女，于是通过合法手续领养了小天缨，因小天缨每天都叫着竞哥哥，就给她取名叫王思竞。

王思竞一直在香港上学，大学毕业后，她的养父和养母年纪也大了，就把公司交给女儿经营。二十年来，王思竞人在香港，但她的心却一直在内地，一直思念着那个记忆中的美丽小镇，还有爸爸妈妈和竞哥哥，想不到，那个她日夜思念的小镇，竟然就是内地最大的毛衫集散地濮院。而且又是因为毛衫，她和哥哥相认了。

王思竞擦干眼泪，第一句话就急切地问："爸爸和妈妈呢，他们好吗？"

濮天竞道："好，好！我们在镇郊买了别墅，爸爸和妈妈喜欢清静，就住在别墅里，我马上打电话，让你嫂子去接他们！"

陪同王思竞的鲍一卉，在边上目睹了这一段兄妹相认的场景，她惊叹道："传奇，真是一段传奇啊！兄妹失散二十年，而二十年后兄妹相认，竟然是因为闻名世界的濮院毛衫，竟然是因为妹妹当年画的一幅蜡笔画，这可真是一篇传奇的故事啊！"

"边点子"关公司

古运河畔河干乡有个名叫边子忠的年轻人，和妻子陈丽英承包了十亩水塘，养起了沼虾。边子忠聪明伶俐，脑子活络也好使，能凭空想出一些别人想不出的点子来，所以被乡民们称为"石榴脑袋——点子多"，有人则干脆称他为"边点子"。他为人热情，村上如有人遭了什么难事，都愿意和他商量，请他帮忙出出点子。他也乐意帮忙，倒也确实解了不少人的难。

这天，“边点子”进城去买沼虾饲料，走到一条大街上，只见那些高楼门前挂着许多木牌，有“法律咨询处”“房地产开发咨询有限公司”等。

现在的城里人就是点子多，只要挂块木牌就能赚钱！边子忠心里想着，猛然一个点子从他心里冒了出来：我为什么不能开一家点子公司呢？自己当经理！他一冒出这个点子，沼虾饲料也不买了，马上心急火燎地赶回家。

陈丽英见丈夫空手回来，忙问道：“饲料呢？”

边子忠笑道：“还买什么饲料，我想到了赚钱的好点子啦！”

陈丽英听了丈夫的点子，骂道：“神经病，那我们的十亩沼虾怎么办？”

边子忠道：“从今天起，你接替我的职务，负责十亩沼虾的饲养。我呢，要学城里人，过过当总经理的瘾！”

陈丽英没法，只得自个儿叫了车去城里买沼虾饲料。她知道丈夫的脾气，一旦他认定的理儿、事儿，就是套上十八头牛也拉不回来。自己还是照顾好这十亩沼虾要紧，这可是向信用社贷了四万元钱买虾种、买饲料，又雇了两个帮手搞起来的，还指望着用这沼虾还贷款、付帮工的工钱呢！

却说边子忠把靠大路的堂屋整理干净，置上一张写字台，放上两张沙发，把房间里那部电话机往写字台上一放，真成了公司办公室的模样，门口又挂了一块“边子忠点子咨询公司”的木牌。

陈丽英从城里回来，见丈夫拾根棒槌当了针（真），不由急道：“乡里乡亲的，你帮人家出出点子解解难也是应该的，怎么可以当生意做，赚乡亲们的钱？”

边子忠笑道：“你不懂，这就叫作市场经济！”说着，拿出八个双响大爆竹，只听得一阵乒乒乓乓震天响，边子忠点子咨询公司就这样正式开张了。

这事很快传遍了全乡，乡亲们有的称赞边子忠确实有经济头脑，这个赚钱的点子想得绝。也有的骂边子忠财迷心窍，凭着几分小聪明，竟变着法儿向乡亲们收什么点子费，心太黑了！

边子忠可不管别人怎么议论，自己该怎么干还是怎么干。他想：有道是姜太公钓鱼——愿者上钩！能赚钱我不赚，不成了白痴了嘛！

点子公司开张的第二天，就有生意上门了。那是羊尾巴村的羊和平，他一进边子忠的办公室，就火急火燎地叫道："边老总，你帮我出出点子！"

原来羊和平最近做生意亏了本，手上钞票有点紧，而一年前他曾将两万元钱借给牛角尖村的牛瘌痢，说好借用一年，可一年多过去了，牛瘌痢却推说手上没钱，不肯还钱。有知情人告诉羊和平，这是牛瘌痢惯用的手法，就是千日不还、万日不赖，拿到手的钱，他是不会吐出来的。羊和平便想和牛瘌痢打官司，可当时借钱时凭的是义气，连张借条也没打，这无凭无据的，法院也不会受理，他只好来向"边点子"讨点子。

边子忠听了羊和平的诉说，道："牛瘌痢这人的脾气我知道，他向你借钱时叫你爸，你跟他要账时得喊他爷！这笔钱若想要回来，非得打官司不可！"

羊和平道："边老总你说对了，可打官司讲究的是凭据……"

边子忠笑道："别急，凭据我会让牛瘌痢给你的。"

羊和平急道："牛瘌痢存心要赖我这两万元钱，还会把凭据给我？"

边子忠道："别急，别急，你既然来找我，我会给你一个好点子的。"说罢，附在羊和平耳边轻轻嘀咕了几句。

羊和平一听，不由乐了：“好，好，我就去！”

起身时，羊和平要付“点子费”。

边子忠道：“这百分之五的点子费，等你要回两万元钱后再来付，但你得给我立个字据！”

羊和平回到家，按照边子忠教他的方法，在电话旁放了台录音机，然后打电话给正在城里做生意的牛瘌痢：“老牛啊，你去年三月十日向我借了三万元钱，今年二月八日向我借了一万元钱，一共四万元，还没还我，今天上午怎么又让人来向我借两万元钱了？”

电话那头的牛瘌痢一听急了，大叫道：“姓羊的，去年三月十日我向你借的是两万元钱，怎么说成三万元啦？今年二月八日我根本没有向你借过钱！今天上午我也没让人向你借钱，有人冒我的名头向你借钱，与我无关！”

羊和平打好电话，就把那盘录音带拿到法院作为凭据，向法院提起诉讼，要求法院帮他讨回两万元欠款。

法院根据有关法律程序，很快把牛瘌痢欠羊和平的两万元欠款讨了回来。

边子忠帮人出一个点子就得到了一千元的报酬，他心里一乐，就去农贸市场转悠，想买些好菜。只见卖甲鱼的摊位前挤了不少人，他想起八岁的女儿几次跟自己说想吃甲鱼，今天刚拿到一千元，就买一只回去，让女儿开开心，同时也把反对自己开公司的陈丽英的嘴塞牢。但一问价，把他吓了一大跳，每斤甲鱼竟要价六十元！边子忠伸手摸了摸口袋里的钱，犹豫了片刻，不由一咬牙：“给我称一只！”

边子忠花一百二十元钱买了一只甲鱼，晃晃悠悠回到家，一见陈丽英正愁眉苦脸地坐在屋里，忙问道：“出了什么事？”

原来，这半个月来，正是沼虾上市的季节，谁知这段时间沼虾价格竟然暴跌，每斤沼虾市场上只能卖到六元钱一斤，卖给虾贩子则更惨，每斤只能给三四元。

边子忠一听也急了，他当初虽然是心血来潮开点子公司，把十亩沼虾让妻子带两个帮工管理，其实他知道陈丽英是能够胜任的。可如今沼虾虽然养得好，但想不到价格会暴跌。这十亩沼虾，总共有一万多斤，每斤只能卖三四元，连饲料钱也换不回来，这怎么还信用社的四万元贷款，还有帮工的工钱……边子忠一急，脱口叫道："这……这可是血本无归啊！"

陈丽英道："你不是开着个专门帮人出点子的'点子公司'吗？快给出个点子，这十亩沼虾该怎么办？"

边子忠道："这事情可真是小和尚搔头——没法（发）。眼下，我就是工商局局长、物价局局长，也没有办法把握市场上的物价呀！"

陈丽英一看丈夫靠不住，不由哼了一声："还开什么'点子公司'，连自己家里的事也拿不出点子！"一转身，出了门。

边子忠虽然被称为"边点子"，但这几天白天烦，夜里急，一天一夜下来，他整个人瘦了一圈，好像也成了池塘里的沼虾，弓起了背。他本想找亲戚朋友商量一下，可他知道，如今自己的"点子公司"一开张，再去和别人商量，不但有损自己的面子、砸了公司的牌子，而且还要遭人讥笑呢。其实，边子忠自己心里也明白，谁也没有办法让每斤沼虾从三四元上涨到三四十元。

奇怪的是，陈丽英这几天好像也忙了起来，又是找村支书，又是找信用社。边子忠知道，她找信用社是想把还贷款的日子缓一缓，但找村支书又有什么用？就是找县长，县长也不可能下命令让沼虾的价格涨上去！

这天中午，边子忠正坐在公司里抽闷烟，只见陈丽英拿着一张纸，兴冲冲地进来，边子忠以为市场上沼虾的价格上去了，谁知陈丽英一扬手里的那张纸：“子忠，我在信用社贷了两万元钱！”

边子忠吃了一惊，丢了手里的香烟蒂头，问道：“怎么又要贷款？”

陈丽英道：“想请你出个点子，你却双手一摊，我只好去找村支书商量，村支书又带我去乡农科站咨询，大家一商量，决定把这十亩沼虾当饲料……”

边子忠一听，急了，大叫道：“你倒是西北风吹鸡毛——说得轻飘，真要把沼虾当饲料？”

陈丽英笑道：“你前几天不是说这十亩沼虾连饲料钱也换不过来吗？那就干脆当饲料算了！”

边子忠又急问道：“你真把沼虾当饲料，那又贷款做什么？”

陈丽英道：“我请村委会出面做担保，到信用社贷了两万元钱，准备去买两万只小甲鱼苗，放养在沼虾塘里，甲鱼喜欢吃沼虾，等到几个月后，每只甲鱼能长到一斤到一斤半重，市场价每斤要五六十元，卖给甲鱼贩子每斤也有四五十元，你算算，我们十亩虾塘里两万只甲鱼能卖多少钱？”

边子忠一听，不由也乐了：“对啊，对啊！只要几个月，这十亩沼虾就变成了十亩甲鱼……”但他又迟疑地道：“可这甲鱼我们从来没养过，能养好？”

陈丽英道：“乡农科站的技术员说了，现在梅雨季节刚过，正是放养甲鱼苗的时候，具体技术上的事，他们来帮我们。”

边子忠想不到事情就这么解决了，他一把搂过陈丽英，直亲得陈丽英喘不过气来。

半年后，正是春节前后，边子忠和陈丽英的十亩甲鱼在乡农科站技术员的指导下，又有沼虾做饲料，只只被养得肥肥胖胖，每只都有一斤多、接近两斤重，那些甲鱼贩子争着来订货。

边子忠呵呵笑着对陈丽英道："想不到，你倒是芝麻做烧饼，点子比我还多哩！"

陈丽英嗔道："你以为自己真是'石榴脑袋'，就你点子多？别隔着门缝看人——把人看扁了。告诉你，这都是大伙儿一起商量出来的！要知道，农民要致富，靠你一个人的小聪明是远远不够的，建设社会主义新农村，靠的是党的政策！"见边子忠红了脸，她又道："你这什么'点子公司'还开不开啦？"

边子忠还没答话，工商局的人却找上门来了，说边子忠没经工商、税务部门批准，擅自开公司，属于非法经营，不但要取缔公司，还要对本人进行处罚。

边子忠赶紧摘牌认错："我明白了，农民要致富，不但要靠党的富民政策，更要脚踏实地。我认罚，以后再也不开这劳什子公司了！"

编个故事值两百万

峰口市有个神灵山风景区，海拔八百余米，虽然上山的道路崎岖，但游客还是很多，因为神灵山巅朝西的断崖处，有一尊天然石像——雷公神像。

这尊天然石像高约九米，经过大自然的加工，嘴、鼻、耳、眼线条清晰、棱角分明，就连眼睛上面的两条眉毛，也丝缕可数，真是神态自然，栩栩如生。

新调到峰口市的旅游局局长张光明，一上任就在导游小徐的陪同下上了神灵山。这神灵山，是张局长第二次来游览了。第一次是在八年前，那时张局长还在邻县旅游局担任科长，那年，他和几个同事到峰口神灵山游览，爬上神灵山，看到那尊栩栩如生的雷公神像，也颇惊奇，心里想这是一个极佳的旅游景点呢。但从旅游专业的角度看，这里的景物还是单薄了一点，留不住游客。

张局长和小徐边走边聊。小徐是市民间文艺家协会会员，喜欢搜集一些民间传说和故事，并将其发表在杂志上。别看她年纪轻轻才二十多岁，但已发表了不少民间文艺作品，有些作品还得过全国性的大奖，用二十世纪八十年代一句流行的话来说：她是一位文学青年。

其实，张局长对小徐的所谓“文学创作”不以为然，小青年应该以工作为重，写传说、编故事，不是正经的行当。就对她说：“以后要以工作为重，民间传说、文学创作，毕竟是业余的。”

小徐见张局长反对她搞文学创作，虽然心里不乐，但嘴上还是“嗯嗯”地应着。两人爬上山巅，站在雷公像下面，看着四周云雾缭绕，张局长故意问小徐：“小徐，你看这儿的景点怎么样？”

小徐不明白局长的意思，不敢贸然回答，半晌才回答道：“就这雷公神像，还是有特点的！”

张局长旋开矿泉水瓶盖，喝了一大口，又问道：“小徐，你经常陪游客来这儿，游客对这儿的景点有什么议论？”

提起游客，小徐的话才多了起来，她道：“好多游客都说，这山崖上的景物光是一尊雷公神像，好像太单调了些！”

张局长听了，笑道："这倒有点所见略同了！"

小徐不懂局长这话的意思："局长……有几个游客说了，这山上要是有座镇山宝塔，和雷公神像遥遥相对，就更完美了！还有，如果有一则关于雷公和宝塔的民间故事……"

"说得对，这儿应该有一座镇山宝塔！但民间故事嘛……"张局长哈哈笑了。

张局长回到山下，就召开了有关干部会议，要求大家献计献策，比如在神灵山巅增加哪些景物。结果，大部分人提出来，说应该在山上增建一座宝塔。

意见统一后，张局长亲自挂帅，很快形成方案，制成图纸，决定造一座高十八米的十三层宝塔。

因这几年正是提倡发展旅游业的阶段，所以旅游局要在神灵山巅建造宝塔的申请拨款很快被批了下来，两百万资金也如期到位了。

可这原材料运送上山又成了问题，因汽车上不了山，只能靠人工用背篓把水泥、河沙、石子、砖块一点一点背上山去。想想，这里海拔八百余米，又是崎岖的山间小路，一点一点背上去，得费多少工时哟！但张局长还是一咬牙，道："搬，就是用蚂蚁啃骨头的办法，也要搬上去！"

几个月后，这些原材料终于零打碎敲地全部搬运到了神灵山巅。工匠们选定时日，便动工建塔了。然而，宝塔才建了一半，也就是建到六层时，这天，一个白发游客在附近转了几圈，便问几个工匠道："请问，这宝塔要建几层？有几米高？"

工匠们七嘴八舌地回答道："宝塔共十三层！"

"总的高度嘛，有十八米。"

那老先生又问道："你们的头儿在吗？"

一个工匠指了指不远处的张局长，告诉老先生那人就是局长。

那老先生便来到张局长面前，向他就建塔说明了自己的看法，道：“这宝塔要建十三层十八米高，这断崖可吃不消哟！”

张局长打量老先生，老先生六十多岁年纪，满头银发，戴一副金框边眼镜，一看就知道是个学者。

原来，这位老先生是省地质学院的一位教授，他来神灵山风景区游览，见工匠们要在山巅建宝塔，不由吃了一惊，因为他知道，这山上的土质经过几千万年的风雨侵蚀，已开始疏松，如果这十八米高的宝塔建在山巅断崖上，这断崖经不住重负，很容易崩塌。

张局长听了老先生的介绍，吃了一惊，便问道：“那依老先生所见，这宝塔最高能建几米？”

老者道：“据我估计，这山崖的负重高度不能超过这尊雷公神像！”

张局长不由倒抽一口冷气，他知道，这雷公像高九米，而宝塔高十八米，如果宝塔的高度和雷公像一样，这成了什么样子！这时，他才暗暗后悔，当时自己太鲁莽了，要建塔时，为什么不请个地质专家来勘察一番呢？如今若要停建，这一篓一篓背上来的原材料，加上工钱，可是整整两百万哪！但这老先生的眼光真有这么神吗？想到这儿，张局长不由又冒出一线希望，他便请来几位地质专家，到神灵山实地勘察。然而，勘察的结果和那位老先生说的一模一样。

张局长痛心疾首，心想这两百万就这样搁在神灵山巅上了？“这是犯罪哟！”张局长万般无奈，他下令把建塔工程停了以后就病倒了，躺倒在床上，再也爬不起来了。

局长病了，同事们都去看望他，但都被张局长拒之门外。这天，小徐却不待通报，径自闯进了局长的家里，见局长愁眉苦脸，整个人也瘦了一圈，不由哈哈笑了起来。

“你笑什么？”张局长皱了皱眉头，“唉，当初我和你一块儿上山的那会儿，要是你懂地质，就不会拆下这么大的烂污啦！”

“现在，局长准备怎么办呢？”小徐还是笑嘻嘻地问。

“还能怎么办？辞职，接受处分！就是上级不处分我，我的灵魂也不会得安宁，你想想，两百万哪！”

“为什么一定要辞职，就没别的办法啦？”

“搬上山的原材料都报废了，还留下一个烂尾宝塔，什么办法也不会有啦，除非真有菩萨显灵！”

“嘻嘻，局长，你先别忙着辞职，我这几天写了个故事，你先看看！”说着，也不管张局长愿不愿看，把故事稿子搁在了沙发上就走了。

张局长无奈地拿起稿子，一看，原来也是关于造宝塔的。

故事说的是某山上朝西有一尊天然雷公神像，有人异想天开，想在雷公神像旁边造一座比雷公神像高一倍的宝塔。

“小丫头，来调侃我了！”张局长苦笑一声，又继续读下去。

谁知宝塔建到第六层的时候，也就是要超过雷公神像的高度时，天空忽然乌云密布，电闪雷鸣，凡超过雷公神像的砖石，都被雷电击落……

雷电过后，工匠们继续往上砌塔，但只要砖石一超过那雷公神像的高度，就雷电俱下……原来，是雷公菩萨不愿让宝塔的高度超过他呢！

明摆着，宝塔是造不上去啦，怎么办呢？这么多建筑材料，难道白白地扔了？不料那工匠头倒很有主意，说：“既然雷公菩萨不让宝塔超过他，咱就不要建上去啦，剩下的那一半材料，浪费了也蛮可惜，就在雷公神像的西面建个八角亭吧！”

谁知，八角亭建成后，怪事出现了：只要有太阳的晴天，每天下午五点左右，夕阳西下的时候，那雷公的双眼就射出两道“祥光”，正好照射在八角亭里。据说，游人被“祥光”一照，就会大吉大利，顺风顺水……

看到这里，张局长忽然一骨碌从床上爬了起来，他一拍自己的脑袋：“这小丫头，编故事编出精来了，确实点子多，就编一个故事，竟值两百万……”

于是，张局长让工匠们把那半茬子宝塔停下，剩下的原材料在雷公神像西面建了座八角亭。还根据小徐的建议，让附近的一些有条件的村民改建农家乐，建造小餐厅和小房间，可以供游客食宿。

八角亭建成后，也真怪，还真和小徐故事里写的那样，只要有太阳，每天下午五点左右，夕阳西下，那尊雷公神像的眼睛就能发射出两道祥光，正好照在那八角亭里。

消息传开，各地的游人都想到神灵山来看看，大家都聚集在八角亭中，让雷公神像的“祥光”照一照，因为是傍晚时分，游客照了祥光，就来不及回城里，只好住在山上的农家乐。从此，这神灵山就成了一处著名的景点。

雷公神像的“祥光”到底是怎么一回事呢？其实，张局长是根据小徐的建议，在雷公神像的两只眼睛上装了两块玻璃镜。

凭空出个“抢花节”

龙飞天刚担任云中县县长没几天，就接到省有关部门通知，说X国有个经济投资考察团要来云中县考察，如果考察满意，就要在当地投资搞开发项目。龙飞天不由又喜又忧，喜的是考察团如果真的相中云中县，云中县的经济就能借此机会有一个飞跃；忧的是云中县又穷又落后，而且交通不便，外国友人怎么能看得中？

龙县长和县府一班领导研究后，决定要抓住这个机会，争取考察团在云中县投资。为了了解考察团人员的脾性、嗜好，以便开展活动，龙飞天还向一个在省府工作的同学打听考察团人员的情况，得知考察团的一切业务都由团长奥尔古里做主，只要奥尔古里决定的事，旁人就无话可说。但同时龙飞天也了解到，奥尔古里特别喜欢菊花，几乎到了发痴的程度。

龙飞天不由心里一喜，看来这投资的事还是有希望的，因为云中县别的特产没有，就只有菊花，大大小小的菊花品种加起来有一百多种，而且还有十多个全国罕有的珍贵品种，特别是一种龙鳞菊，花瓣似龙鳞般层层叠叠，香气诱人。每到秋季，田野上就成了无边无垠的菊海，这成为云中县一大景观，既有观赏价值，又有药用价值。眼下正是秋季，龙飞天想考察团来得正是时候，当即召开紧急会议，一面布置全县市容环境大清除，一面派专人在县城中心布置一个大型菊花造型展览。经过全县动员、全面发动，有关单位很快收集了十万余盆各个品种的菊花，在县城中心十字街口布置菊花造型展。龙飞天亲自督阵，不到三天时间，工作人员用各种菊花搭起了一座高十五米的彩龙盘柱造型，还用各种菊花搭成八组长达八百米气势恢宏的菊花造型。

刚刚布置妥当，龙飞天突然接到省委组织部的通知，要他去省委党校学习一星期。龙飞天便把接待考察团的工作交给了县招商办华主任，并再三吩咐："不惜一切代价，要争取考察团在本县投资！"

几天后，X国考察团在团长奥尔古里的带领下来到了云中县。下榻县城后，第二天就在华主任的陪同下进行了考察。奥尔古里和华主任经过几天的接触，觉得华主任人很诚恳，云中县虽然交通不便，但当地的水土很少被污染，而且风景秀丽，很适合外来投资，特别是华主任陪同他们观赏县城中心的菊花造型展时，奥尔古里果然高兴得像小孩般又笑又跳，在菊花花丛中喜笑颜开，让人给他拍了很多照片，一直玩到傍晚才回到宾馆。吃过晚饭，奥尔古里又兴致勃勃地邀请华主任到他下榻的房间喝茶。华主任也想早一点和奥尔古里定下投资的事，便欣然前往。

奥尔古里兴致很浓，边喝着菊花茶边通过翻译和华主任交谈。华主任几次提出要马上定下投资项目，但奥尔古里极是慎重，说要再考察一下云中县的民风民俗。华主任当然也不好勉强，两人边交谈边看电视，不一会儿，到了播放云中新闻的时间。

忽然，奥尔古里的一双蓝眼睛发了直，呆呆地盯着电视，华主任也大吃一惊。原来，荧屏上播放的新闻竟是一群市民在哄抢布展的菊花。只见镜头中一群市民你拿我夺，正在乱七八糟地抢花……

华主任从播音员的解说词中得知，他陪奥尔古里的考察团观赏了菊花造型展后，一些市民以为菊花造型展的功能已经完成了，因为这菊花造型展本来就是为欢迎奥尔古里的考察团才布置的，有几个市民就向管理员讨花，一些过路人一听菊花可以讨，也纷纷拥过来讨菊花。这人一多，管理人员也解释不清了，大家就你搬我拿，几个管理人员哪里还劝阻得了。谁知这时正好县电视台的记者来拍摄菊花造型展，见市民哄抢菊花，就把这个哄抢场面拍摄下来，并在晚间新闻中播放了。

奥尔古里不懂播音员的中国话，但刚刚观赏过的菊花造型展场地他还是有印象的，便问华主任："主任先生，这是怎么回事？"

华主任一见电视中的哄抢场面，不由又气又怒又窘，气的是云中县的市民素质太差了，竟会平白无故地哄抢布展的菊花；怒的是电视台的混账记者竟把这哄抢场面在电视上播放出来；窘的是这电视播放正好让奥尔古里看到了，不但使云中县坍台，而且奥尔古里的投资项目也肯定泡了汤！因为奥尔古里迟迟不肯定下项目，本来就是想再考察一下云中县的民风民俗，然后决定是否在这里投资。如今在这节骨眼上竟出现了这种哄抢菊花造型展的场面，云中县的市民岂不是个个都是素质低下的？奥尔古里怎么还会把巨款投资在这里！

当翻译把奥尔古里的问话翻译给华主任时，华主任想这有损云中县形象的事怎么向奥尔古里说，但不回答又怎么行？不由心里一急，这一急，头上就冒出了汗珠子，心里更是暗暗埋怨龙县长，当初要是不搞这个菊花造型展，就不会出这么一件哄抢菊花的尴尬事了。

奥尔古里一双蓝眼睛迷惘地望着华主任，等着他回答。华主任心里更加着急，忽然，几滴汗水从额头上淌下来，流进嘴里咸滋滋的，猛地，华主任心里一亮，他想起几年前去云南，正赶上“泼水节”，大家拿着水盆乱泼一气，场面不也乱糟糟的吗？不由脱口答道：“奥尔古里先生，这是我们云中县的一个民间传统节目，每年举办菊花造型展后，为了不让那么多的菊花抛在露天过冬，全县市民都要进行抢菊花活动，把自己喜爱的菊花抢回家去，保养过冬！”

翻译把华主任的话翻译给奥尔古里，奥尔古里一听，一下子跳了起来，兴奋得两眼放光，他站起身，竖起大拇指连声赞道：“了不起，了不起！想不到贵县竟有这么一个风情独特的传统节目。这说明贵县市民人人都是爱菊花的！我也爱花，特别爱菊花，贵县市民都是我的知音啊！”于是，奥尔古里决定，明天上午正式签署投资协议。但他两撇胡子一翘，又道：“华主任，我有一个要求，请华主任一定要答应！”

华主任见奥尔古里答应在云中县投资，心中一块石头终于落了地，一听后面还有要求，心里又是一紧，只听奥尔古里道：“很遗憾，今年的抢花节我错过了，但明年的抢花节你一定要安排我参加！”

华主任想不到一场市民哄抢菊花展的场面在电视上播出后，竟会换来这么个意想不到的结果，他抹一把额头上的汗珠，脸上露出了笑容，但心中却涌上了一股沉重的感觉。

告别了奥尔古里，华主任刚回到小车上，手机就响了起来，原来是龙飞天要他速来龙宅。

原来，龙飞天傍晚时刚从省城回来，也看到电视新闻中的抢花场面，他知道如果让奥尔古里看到，投资的事就泡汤了，便向华主任询问洽谈情况。华主任向龙县长汇报了奥尔古里答应签署投资协议的经过。龙飞天知道奥尔古里的脾性，他告诉华主任：

“一旦被奥尔古里知道了抢花的真相，以后他仍会把资金抽走的！”见华主任沉默不言，龙飞天又道，“还有，你明年怎么策划这个‘抢花节’呢？”

华主任也知道了事情的严重性：“县长，你说该怎么办？”

龙飞天道：“一定要把抢花的真相告诉奥尔古里！”

华主任急道：“奥尔古里一旦知道真相，还肯在云中县投资吗？”

龙飞天道：“既要把抢花的真相告诉奥尔古里，又要他把投资的协议签署下来！”

华主任道：“这，可能吗？”

龙飞天沉思了一会儿，对华主任道：“明天上午，你按原计划进行！”

第二天上午，华主任和奥尔古里一行在宾馆的会议室里洽谈投资的有关事宜，因双方都很有诚意，不费周折就谈妥了有关条款。奥尔古里兴致勃勃地拿起笔，正要签名，忽然，门外传来一声很有礼貌的招呼声：“奥尔古里先生，请你等一下！”

大家一看，原来是龙县长来了。华主任向双方介绍以后，龙飞天道：“奥尔古里先生，很抱歉，这份投资协议暂时还不能签署！”

在场的人都不知道是怎么回事，奥尔古里耸了耸肩，问道：“县长先生，请问，这是怎么回事？”

龙飞天通过翻译，对奥尔古里解释道：“昨天晚上，你在电视新闻中看到的，并不是华主任说的什么‘抢花节’，而是市民们哄抢菊花的场面。”

奥尔古里惊愕地望着龙飞天：“县长先生，这又是怎么回事？”

龙飞天说："对不起，奥尔古里先生，云中县市民的素质确实还有待提高，等到明年，请您再来云中县考察，然后决定是否投资。"

听了龙县长诚恳的话，会议厅顿时一片寂静。猛然，奥尔古里一把握住龙飞天的手，真诚地道："尊敬的县长先生，就冲你这几句话，我选定了在云中县投资！我相信，云中县有你这样的县长，贵县市民的素质，一定能很快提高的！"

会议厅里，顿时响起了一阵热烈的掌声。

精明的奥尔古里没有想到，其实，这是龙飞天演的一场欲擒故纵的戏，既向奥尔古里说明了抢花真相，又签到了投资协议。

抢注"家家面馆"商标

百年老店家家面馆，凭一碗水晶面名扬浙北，而且徒子徒孙遍布各地，正当生意蒸蒸日上、如日中天的时候，祸起萧墙，老板的大弟子竟然抢注了"家家面馆"商标，把抚养他成人、传授他手艺的师傅逼进了死地。这样一来，"家家面馆"只能关门大吉了。那么，遍布浙北地区的两百多家分店呢，他们怎么办？

一、祸起萧墙

龙家驹在店堂里焦虑地踱着，这些年来，家家面馆的生意越做越大，不但在梧桐县有名气，在整个浙北地区也享有盛名。想不到生意蒸蒸日上、如日中天的时候，祸起萧墙，有人横插一刀，抄了他的“后路”。

家家面馆在梧桐县可是历史悠久，是一家名副其实的百年老店，那碗水晶面更是名扬浙北。但前几天，“家家面馆”被人抢注了商标，这商标被别人一注册，就意味着，家家面馆如果再开下去，就构成了商标侵权。

龙家驹连连叹气：“想不到，祖上传下来的祖业就要败在我的手上了！”

说来不信，家家面馆那碗名扬浙北的水晶面，那面浇头其实是最普通不过的鸭心。

梧桐县是浙北水乡，历来以养鸭闻名，几乎家家养着成群的鸭子。大批的鸭子有的供给南京做板鸭，有的供给杭州做烤鸭，有的供给嘉兴做酱鸭。大量的鸭子被宰杀后，被遗弃的内脏成了问题，被苏州的食品店加工成鸭肫后，倒也成了著名的美味，其余的都被丢掉了。光绪年间，龙家的祖上从安徽逃荒来到梧桐县，看到大量的鸭子内脏被丢弃，便开了一家小面馆——家家面馆，贱价买下大量鸭心，用家乡独特的方法，将鸭心晾干后用酱油酱渍，然后切成薄片，作为面条的浇头。

经过几代人一百多年的经营，家家面馆在浙北有了名气，可想不到的是，有人把“家家面馆”作为商标抢注，这一注册不要紧，原来的家家面馆就只能改名了。但家家面馆在梧桐县城经营了一百多年，如今的掌门人龙家驹的徒子徒孙在浙北的几座城市开着的家家面馆分店就有两百多家，而仅仅在梧桐县城，也有二十多家分店。

最使龙家驹咽不下这口气的是，那个抢注商标、拆他台脚的，竟然是自己的得意大弟子袁吉利。

家家面馆的水晶面除了烧法特殊，配料也极讲究，那面条是店里手工作的，每根面条都是一尺长短，细腻润滑，因面条细腻，煮的时候特别要把握火候，火候不到，面条生硬，火候稍微过些，面条又糊了。

而那面浇头更是一绝，每只鸭心经过酱油酱渍的时间也很有讲究，洗净、晾干后，放入自制的三伏晒油中酱渍，酱渍的时间不能长也不能短。酱渍的时间长了，滋味过咸、颜色过深；时间短了，滋味偏淡、颜色也偏淡。必须酱渍得恰到好处，然后捞出来晾干，再切成薄片，那一片片鸭心，晶莹透明，就像一片片水晶一般，最后放入调料用微火爆炒，作为面条的浇头备用。

到二十世纪九十年代，龙家驹收了一些下岗失业的工人做徒弟，先让他们在自己的面馆里帮工，慢慢教他们烧面，等到他们学会后，让他们自己开分店。这十多年来，他前前后后共收了几十个徒弟，后来这些徒弟也收了徒弟，在浙北一带，就有了两百多家家家面馆。这些面馆有的叫“家家徒弟面馆”，有的叫“家家徒弟小面馆”，有的甚至还叫“超家家面馆”，但龙家驹都无所谓，用他的话来说，就是：“只要不坍‘家家面馆’的牌子，叫什么都可以！”

想不到，自己最信得过的大徒弟竟会在背后给他来了一刀。

二、师弟砸牌

龙家驹的大徒弟袁吉利原来是个孤儿，八岁那年父母双亡，流落在街头，经常到家家面馆来讨吃客人吃剩的面汤水。龙家驹看他可怜，便收留了他，见他聪明伶俐，便送他到学校读书。但这袁吉利却生性不喜欢读书，见了书本脑袋就发晕，好不容易读到初中毕业，说什么也不肯再到学校里去了。龙家驹见他确实不是读书的料儿，便让他在店里帮忙。这袁吉利读书不行，对烧面条倒极有兴趣，眼睛看、手上做，没几年工夫，就把龙家驹酱渍鸭心和烧水晶面的本事学会了。

袁吉利掌握了烧水晶面的诀窍后，便向师傅提出，说要自己开一家面馆。龙家驹想想也是，人往高处走，总不能让他老是在自己店里打工做伙计，便资助了袁吉利一笔资金，让他在县城最热闹的云龙阁大商场开了一家面馆。因为家家面馆的牌子已经打响，龙家驹还特别允许袁吉利把店名叫作“小家家面馆”。

想不到鬼灵精似的袁吉利将小家家面馆开了几年后，竟到工商部门把“家家面馆”作为品牌商标注册了。这样一来，袁吉利可以正大光明地用“家家面馆”的招牌，而龙家驹祖传的百年老店反而构成了侵权，变成非法了。更为严重的是，龙家驹那些徒子徒孙们开在浙北一带的家家面馆，都要随之改变店名。

“家家面馆”商标被人抢注后，龙家驹的那些徒子徒孙们可急坏了，他们便相约来到了师傅的家家面馆，商量怎么对付袁吉利。

龙家驹的儿子龙建国见父亲皱着眉头，几个师弟呆呆地都不敢开口，便打破沉默，道：“爸爸，我们龙家的家家面馆都已经经营了一百多年了，袁吉利他说注册就注册了？”

其他几个徒弟见二师兄开了口，便七嘴八舌地说：“二师兄说得对！”“师傅，我们找工商局讲道理去！”“他袁吉利的面馆才开张了几年，有什么资格注册我们家家面馆的商标？”

望着徒弟们心急火燎的样子，龙家驹也心急如焚，道：“工商局那边，我已经去咨询过了，我们的家家面馆虽然经营了一百多年，但一直没有注册商标，才让袁吉利钻了空子，我们做生意创了牌子，却没有及时注册商标，缺少品牌意识，更不懂商标法，这才吃了大亏！”

龙建国气呼呼地道："爸爸，我真的不明白，袁吉利这小子凭小聪明抢注了我们的商标，他怎么反倒成了合法的？"

"袁吉利这个没良心的，我们找他算账去！"

正在这时，一个徒弟急急匆匆跑进来，大叫道："师傅，不好了！三师兄带了一群师兄弟赶到云龙阁小家家面馆去了！"

龙家驹不解地问道："你三师兄去小家家面馆干什么？"

那徒弟道："三师兄说了，他带了几个师兄弟要去砸了大师兄袁吉利的招牌！"

龙家驹一听，心里暗叫不好，因为他知道这个三徒弟武尔松脾气火暴，人称"武二郎"，这会儿他一定是去找袁吉利算账去了，他这一去，不用说，一定会大打出手。他连忙站起身，对儿子和几个徒弟道："我们快去云龙阁，别让他惹出什么事来！"

三、鹊巢鸠占

一行人赶到云龙阁大商场，只见小家家面馆门口围了一大群人，正在吵吵嚷嚷，龙家驹连忙挤进人群，只见武尔松怒气冲冲地摘下小家家面馆的招牌，大吼一声，双手举起正要往地下砸。

龙家驹连忙抢前几步，叫道："尔松，你住手！"

武尔松一见师傅到了，道："师傅，袁吉利这个没良心的东西，他不让我们活下去，我也不让他有好日子！"

龙家驹喝道："真是胡闹！有话好好说，你凭什么要砸人家的店牌子？"

武尔松恨恨地道："活路都没了，还怎么好好说？"

龙家驹道："胡说！路是人走出来的。人活着，怎么会没有路？你把招牌放下，跟建国他们先回去！"

武尔松还想说什么，但一见师傅严厉的眼神，不敢再争辩，只好愤愤地丢下了手里的招牌。

这时，吓得缩在门角落里的袁吉利一见师傅到了，壮了壮胆，瑟瑟抖抖地走了出来。

龙家驹见袁吉利出来了，便回头对龙建国道："建国，你带尔松他们先回去，我和袁吉利再谈谈。"

龙建国带了武尔松他们一走，袁吉利便回过了神，道："师傅，我的招牌可是通过工商部门合法注册的，武尔松要真砸了我的招牌，那可是犯法的！"

龙家驹道："吉利啊，你砸了师弟们的饭碗，他们心里急，你就不要往心里去了！"

袁吉利定下神来，笑呵呵地道："是啊，是啊，他们心里急，我知道。不过，我们以后还是可以合作的。这会儿师傅来了，欢迎师傅来指导！"

龙家驹苦笑着道："如今师傅连饭碗也要被你这个徒弟敲掉了，怎么还敢说指导？吉利啊，我就开门见山跟你说，你是大师兄，应该为师弟们想想，如今你抢注了'家家面馆'的商标，师傅我的面馆，还有你的那些师弟们的两百多家面馆怎么办？"

袁吉利嘿嘿笑道："师傅啊，其实，我可以把'家家面馆'的商标交还给师傅和师弟，让你们继续把家家面馆开下去。"

龙家驹不解地问道："吉利，你费尽心机抢注了'家家面馆'的商标，还会轻易地让出来？"

袁吉利道："事情很简单啊，师傅只要出一笔钱，把商标权买回去就可以了。这样，师傅和师弟们这两百多家面馆不是照样能开下去了吗？"

龙家驹压住心头的火气，道："吉利啊，家家面馆这招牌是我龙家一百多年来靠诚信做出来的，你怎么可以这样做？"

袁吉利涎着脸皮嘿嘿笑道："所以这金字招牌值钱啊！"见龙家驹沉默不言，袁吉利又嘿嘿笑道，"其实，师傅那两百多家分店，每家只要拿出两万元钱来，我就把这商标权让出来！"

龙家驹吃了一惊："怎么，每家两万元？那……那不就是五百多万吗？你……亏你想得出！"

袁吉利笑道："师傅啊，五百多万不算贵啊！你知道，这家家面馆可是龙家一百多年来打造的金字招牌啊！"见龙家驹闭口不言，袁吉利又涎着脸皮道，"师傅啊，你想想，我注册的'家家面馆·水晶面'商标公示三个月就要正式批下来了，到时，我作为知识产权出让，这点钱还不够呢！"

龙家驹叹了一口气，道："唉，都怪我，怎么没有想到注册商标？就这么让你抢先了一步……"

"师傅啊，除了要抢先，还要有胆识，当然，还有更重要的啦！"

龙家驹不解地问道："还有更重要的？"

袁吉利道："是啊，还有更重要的，那就是智商啊！"

龙家驹道："怎么说？"

袁吉利随手拿起盘子里的一个咸鸭蛋，问道："师傅，你能把这个咸鸭蛋竖在桌子上吗？"

龙家驹望着袁吉利一副阴阳怪气的样子，不知道这个大徒弟葫芦里到底卖的是什么药，便不解地望着袁吉利："吉利，你究竟什么意思？"

袁吉利嘿嘿地笑道："我是想试试师傅有多少智商。"

龙家驹摇了摇头："这咸鸭蛋滑溜又骨碌圆的，只能横放在桌子上，我可竖不起来。"

袁吉利又是嘿嘿几声："那师傅就看我的！"把手里的咸鸭

蛋用力往桌上一磕，咸鸭蛋的一头破了壳，竖在了桌面上。

龙家驹叹了一口气，摇了摇头："看来，吉利啊，你的智商真的超过了二百五啊！"

袁吉利见师傅讥讽自己，嘿嘿笑道："师傅说得对，正是因为徒弟的智商超过了二百五，龙家经营了一百多年的金字招牌才会轻易地落到我的手里呢！"

龙家驹又叹了一口气，道："吉利，你这是鹊巢鸠占啊！"

袁吉利涎着脸皮道："师傅在生意场上摔打了几十年，难道不知道商场如战场？"

龙家驹知道，袁吉利既然敢走这步棋，那他一定是铁了心肠要硬敲一笔，再多说也没有用了，心里想这百年老店难道真的要完了？

四、让他一招

龙家驹闷闷不乐地回到家家面馆，龙建国和一群师兄师弟们都候在那里，听龙家驹说了经过，大家又气又急，都愤愤不平。

龙建国叹了一口气，道："爸爸，难道说我们真的就没有好办法了？"

武尔松怒气冲天："难道就这样成全了袁吉利这个负恩忘义、没良心的家伙？"

龙建国道："爸爸，袁吉利无非是要一笔钱，然后再把这个商标让出来，实在没有好办法，每家出两万，我们也还出得起！"

大家也七嘴八舌地说："两万就两万，保住商标要紧！""是啊，袁吉利无非是要钱啊！"

龙家驹沉吟了一会儿，猛然一掌拍在桌子上，严正地道："不，我们不能给他钱，虽然每家才两万，但合起来就是五百多万！家家面馆这个招牌本来就是我们祖祖辈辈创出来的，怎么能让袁吉利用来敲诈我们呢？”

龙建国道：“商标注册要公示三个月，既然爸爸不准备要这金字招牌了，那也不能便宜了袁吉利，我们利用这三个月时间，把家家面馆的招牌敲碎，让袁吉利偷鸡不着反蚀一把米，既敲不到钱，又开不成店！”

龙家驹摇了摇头：“不，袁吉利既然抢注了‘家家面馆’的商标，那家家面馆就是他袁吉利的了，这招牌要敲，也得让袁吉利自己敲，我们绝对不能敲！”

龙建国不解地问道：“袁吉利抢先注册了商标，如果我们给他一笔钱，他的目的就达到了。如果我们不给他钱，他正好用了我们龙家一百多年的现成招牌，这金字招牌就成了他的摇钱树，他怎么会自己敲自己的招牌呢？”

龙家驹笑道：“我们想个办法，让袁吉利自己把家家面馆的招牌敲碎！”

几个徒弟一听，问道：“师傅，你有什么好办法，能让袁吉利自己把家家面馆的招牌敲碎？”

龙家驹道：“这件事，我琢磨好久了，‘家家面馆’注册商标不是还有三个月的公示时间吗？其实我们只要三天时间就够了，三天后，就让给袁吉利自个儿去搞吧。你们分头通知各地分店的师弟、师妹，大家利用这三天时间，把店里的存货全部卖掉，三天后，也就是农历八月十六，我们各地的分店同时停业！”

几个徒弟一听，都叫了起来：“什么？我们大家同时停业？那不是把生意都让给袁吉利了吗？”

龙家驹一挥手：“对，我们大家同时停业三个月，把生意都让给他！”

武尔松道："师傅，这三个月我们大家同时停业不做生意，也是一笔损失啊！"

龙家驹呵呵一笑："大家可以算一算这笔账，我们每家分店是交给袁吉利两万元，继续营业呢？还是停业三个月，损失三个月的营业利润？"

武尔松搔了搔头皮，说："我的店小，除去房租、税金，每个月满打满算最多六七千元的利润！"

龙家驹正色道："我们生意人，图的就是利润，但也不能为了利润，丢掉做人的尊严！"

龙建国道："爸爸说得有道理，人争一口气，佛争一炉香，我们情愿损失再大，也不向负恩忘义的袁吉利低头！"

龙家驹赞许道："对，有些事情是不能用金钱来衡量的！"

龙建国点了点头，道："我们向工商税务部门申请暂时停业三个月，可以免交营业税金。不过，我们两百多家面馆同时停业，那不成了大新闻，要轰动整个浙北地区了？"

龙家驹一拍手，笑道："对啊，我们要的，就是这个轰动效果，让大家都知道，'家家面馆'让别人抢注了商标，只好停业了。等到三个月后，商标公示期一到，'家家面馆'的商标就正式归袁吉利了。到那时，我们再同时开张，当然，不能再用家家面馆的招牌了，而是另起炉灶，用新的招牌！大家想想，两百多家面馆同一天停业，三个月后又同一天开张，这影响要多大有多大，真的成了浙北地区的头条新闻了！我相信，袁吉利虽然用这种下三烂的手段抢注了我们的商标，但最多让他风光半年！到时，我让家家面馆成为他的一个烫手山芋，想甩也甩不掉！"

五、如意算盘

这几天，袁吉利心情特别舒畅，自从注册了“家家面馆”的商标，他就等着发一笔现成的大财。他知道，家家面馆的招牌对师傅龙家驹来说比什么都重要，因为家家面馆不但是龙家几代人经营的结果，还渗透了龙家驹一生的心血。所以，袁吉利推测，龙家驹是绝对不会放弃家家面馆这块金字招牌的。退一步说，他龙家驹真的不肯出这一笔钱，放弃了家家面馆，那么他袁吉利就成了家家面馆名正言顺的真正拥有者，以后凭着家家面馆这块百年的金字招牌，不但在梧桐县，甚至可以在浙北一带独家经营，没有人能和他竞争，在质量上也可以放“浑汤水”、偷工减料，那不也发财了？

其实，袁吉利心里还有一个赚钱的如意算盘，因为他知道，龙家驹一失去“家家面馆”的商标权，他的那些徒子徒孙们当然也不能再继续用家家面馆的招牌。而在浙北地区，家家面馆的徒子徒孙足足有两百多家啊！这两百多家面馆一旦停业，那几百人就意味着再次失业，那么多人就没了生活来源，到时自己只要放出口风：谁出一笔钱，就可以作为家家面馆的连锁分店。因为这些店都有现成的店面家什，最重要的，都已经打响了“家家面馆·水晶面”的招牌，他们怎么会轻易放弃这块金字招牌？只要自己一点头答应各家加盟，这些昔日的师弟和徒子徒孙们，还不是趋之若鹜？最后当然只能乖乖地拿出一笔钱来，投身于自己的门下。

三天后，就是农历八月十六日这天，袁吉利果真得到了一条消息，说龙家驹的家家面馆以及各地的分店竟然在同一天全部停业了。

袁吉利刚一听到这个消息，不由呆了半晌，他想不到龙家驹当真放弃了经营了这数代的百年基业，丢了家家面馆这块金字招牌。但转眼间，不由得意地哈哈笑了起来：“好，好啊！从此以后，我袁某人就可以凭着家家面馆的金字招牌在浙北一带独家经营了！”

虽然袁吉利自认为很聪明，可还是猜不透龙家驹的真正意思，因为他抢注了“家家面馆”的商标后，按照国家商标法，要公示三个月，在这三个月的公示期间，龙家驹和他的徒弟们，还是可以照常做生意，为什么要提前停业，放弃三个月的生意呢？

六、立身之本

转眼三个月过去，到了农历十一月十六日，龙家驹和他的徒子徒孙们在各地同时开张了“人人面馆”。于是，袁吉利的家家面馆和龙家驹以及徒子徒孙们的人人面馆各做各的生意，所谓“井水不犯河水”，大家倒也相安无事。但袁吉利的如意算盘却落了空，因为龙家驹的徒子徒孙们开张了“人人面馆”后，没有一个人出钱加盟他，作他家家面馆的分店。

又是三个月后，这天午后，龙家驹刚刚做完生意，正在打扫店堂，忽然小徒弟急急跑过来告诉他：“师傅，师兄来了。”

龙家驹笑道：“瞧你说的，你有那么多的师兄，到底是哪个师兄来了？不过，我知道一定是你大师兄袁吉利！”

小徒弟惊奇地道：“师傅，你说对了，来的真是大师兄袁吉利。”

龙家驹叹了一口气，苦笑道：“是啊，他该来了，该来了！就这么一转眼的工夫，半年过去了，这个袁吉利，他已经把家家面馆这块金字招牌糟蹋得差不多了，到了山穷水尽的地步了！”

果然，袁吉利一进人人面馆，见了龙家驹，就耷拉着脑袋叫了声：“师傅……”

龙家驹呵呵一笑，问道：“哎，这位不是袁大老板吗？你不好好照看自己的面馆，到我这里来做什么？”

袁吉利道：“师傅，您就别说了，我的面馆……实在做不下去了……”

龙家驹问道：“你的生意做不下去了，怎么找到我这里来了？”

“师傅，我真的是来讨教的……做生意，是不是真的……有诀窍？为什么，同样是家家面馆招牌，同样是水晶面，原来的生意红红火火，才几个月的时间，现在就维持不下去了？”

龙家驹想了想，问道：“我们原来的家家面馆的面条的长短厚薄都是有规格的，你有没有按规格做？”

“师傅，我在您的家家面馆待了二十多年了，早已把面条的长短厚薄掌握得分毫不差。”

“你把那面浇头的大小厚薄都量准了吗？”

“怎么？”袁吉利一听，不由傻了眼，“师傅，你是说面浇头鸭心？”

龙家驹一本正经地道：“是啊，我说的正是鸭心！”

“这，就这么几片小小的鸭心，也要量准？”

“是啊，量准鸭心。”龙家驹一语双关，“这可是最重要的一道质量关呢，你没有‘量心’，这水晶面还怎么烧得好？”

“我没有量心，没有量心……”猛然，袁吉利想起了当初三师弟武尔松骂他“没良心”，不由一个激灵，猛然省悟过来，他一下跪在了龙家驹的面前，“师傅，我……我错了，我不是人，我被利益迷了眼睛，真的，真的没有良心……”

龙家驹叹息一声，道："吉利啊，我以前和你说过多少次了，做生意，仅仅凭一块所谓的'金字招牌'是不够的，我们生意人，凭的是良心、靠的是诚信，这才是最重要的，才是生意人的立身之本啊！"

事后，武尔松问师傅："师傅，你怎么猜得到半年时间，袁吉利的家家面馆就会开不下去了呢？"

龙家驹哈哈一笑，说出一番道理来。

原来，龙家驹知道，这"家家面馆"的商标被袁吉利一抢注，自己的面馆就不能再继续用这个招牌了，于是他想了个主意：让自己和浙北地区两百多家家家面馆分店在农历八月十六日那天同时歇业。那么多家面馆同时歇业，这个影响可以说要多大有多大，真的是轰动了整个浙北地区，大家当然都知道了"家家面馆"的商标被人抢注了，那么家家面馆肯定要换招牌了。而对于袁吉利的为人，这会儿龙家驹也彻底看穿了，他知道，像这种唯利是图的人，是不会珍惜轻易得到的金字招牌的，时间一长，便仗着独家经营的优势，在操作中肯定要放"浑汤水"、偷工减料，这水晶面的质量肯定要下降，而一些冲着家家面馆的牌子去消费的，就不会买他的账了。等到三个月后，那些在原址同一天重新开张的面馆，虽然把家家面馆的招牌换成了人人面馆，但水晶面的质量还是原来的质量，这些老主顾当然就重新回来了。

通过这件事，龙家驹和他的徒弟们都明白了一个道理：做企业、做生意都必须具备商标保护意识，在创业的初期就要建立起商标保护的壁垒。注册商标，至关重要。如果等到生意做大之后才想起品牌保护，那就为时已晚，很有可能让不良之人钻了空子。因为商标才是企业最核心的资产！

凡人小事

唐三子回头

这天深夜，唐三子看罢电视连续剧《苍天有眼》，刚想上床睡觉，忽然侄子来敲门，说他父亲唐大洪有事请叔叔去一趟。唐大洪是唐三子的堂兄，在县工业局当局长，官儿不大，但权力不小，管着全县几十家国有工厂，进出都坐车，吃饭天天有人请，不像唐三子，穷得叮当作响。唐三子原是酿酒厂的工人，不料几年时间，酒厂被厂长吃吃喝喝“败”了个精光，于是工业局局长唐大洪到酿酒厂宣布工厂破产了！就这样，唐三子失业了。

一进堂兄的家门，只见唐大洪哭丧着脸，说：“三子兄弟，你大哥如今有难了，你可得救救你大哥啊！”

唐三子大吃一惊，堂兄上面有靠山，下面有根底，人人敬畏他、个个巴结他，他会有什么难？

原来，最近有人向纪检部门揭发，说唐大洪趁国有工厂倒闭破产的机会，收受了那些破产厂长的巨额贿赂，纪委、公安局已经在外围调查取证了。唐三子一听，叫道：“大哥，你如果真有问题，快去投案自首，争取宽大处理啊！”

唐大洪叹了一口气，道：“三子啊，你哪里知道，如今反腐动真格，我一去自首，不是羊入虎口吗？”

唐三子不解地问：“那，叫我来能帮你什么呢？”

唐大洪道：“大哥有一笔现金，三十万，放在家里不安全，想存放在你那里，请你替我保管一阵，待大哥渡过了眼前的难关，我一定重重谢你！”

唐三子更不解了：“现金放在家里不安全，不能去存银行吗？一张存折，放哪儿都方便哪！”

唐大洪又叹了一口气，脸上一副苦相，心里却骂道：真是穷鬼，银行的规矩都不知道，如今银行实行实名制，把这笔巨款存进银行，纪委、公安局一查名字就知道得一清二楚，那不是自投罗网嘛！于是，他好说歹说，终于说通了唐三子，便拿出一只鼓鼓的黑皮包，说：“兄弟，就拜托你了，你是失业工人，没人会注意你，这钱放你那里我放心，请你一定要保密，别让别人知道了！”

唐三子接过沉甸甸的皮包，不由脱口叫道：“妈呀，这么沉！”

唐大洪苦笑着说道：“不瞒兄弟说，听说检举揭发我的材料，比这包现金还沉哪！”

唐三子临走，唐大洪又摸出三张百元大钞，塞到堂弟手里：“先拿去花吧，等大哥渡过这场难关，再重重谢你！”

走出堂兄的别墅，唐三子抬头看了看天，只见一弯月牙正当空，估摸着已是三更天了。他携着沉甸甸的黑包，刚走到城西区那条偏僻的半爿弄弄堂口，寂静中，忽然听到后面一阵沙沙的脚步声，他一回头，只见一个高大的黑影抢上几步，已逼到了身后。唐三子心里一惊，一把明晃晃的短刀已抵在了他的后腰上。

“同……同志……”唐三子吓得哆哆嗦嗦，话也说不周全了。

“谁……谁和你是同志，老……老子是……是……强……强盗！”那“强盗”好像是第一次做强盗，虽然尽力装出一副凶恶的样子，但“强盗”两个字，却是憋了长长一口气才喊出来的。

“先……先生，我……我没钱！”

那“强盗”犹豫了片刻，终于伸手在唐三子口袋里一掏，掏出了三张百元大钞，不由又惊又喜：“还说没钱？包里是什么？”

唐三子见强盗问他的包，下意识地抱紧了皮包：“没什么……”

那“强盗”咬一咬牙，晃了晃手里的短刀，又说道：“递……递过来！”

唐三子见强盗长得高大魁伟，知道如果要动粗，自己瘦猴一般的身子骨，绝对不是这个人高马大的强盗的对手。这会儿见强盗一副战战兢兢的样子，不由一下子增了几分胆气。这人一壮胆，就冷静了，一冷静，就会凭空冒出主意来，便脱口道：“这是我们全厂工人揭发厂长的举报材料！”

“举报材料？”那“强盗”缩回短刀，问，“有这么多？”

唐三子想起自己的酿酒厂，口齿竟一下子变得伶俐起来：“是啊，是啊！是揭发我们厂长吃喝嫖赌、贪污行贿、偷税逃税、私设小金库……”

“这么说，”那“强盗”的口气变得软和了，“你们厂长是个贪官？”

“是的，是的。厂长吃喝嫖赌，把工厂搞垮了，自己倒成了富翁，我们全厂工人搜集了他的犯罪证据，派我为代表，去反贪局举报他！”

那“强盗”沉默了片刻，拿短刀的手终于垂了下来：“为什么半夜三更出来？”

唐三子道：“看你说的，白天能去吗？让我们厂长知道了，还有大家的活路吗？”见“强盗”又沉默了，唐三子胆更壮了，便模仿电视上那些当官的做报告的口气，“同志啊，我知道，你一定是没有办法才走这条路的，但世界上千条路、万条路，也不能走拦路打劫这条路啊！”

那“强盗”猛地一摆手，道：“好了，好了。你别给我做报告了，那些贪官搞垮了工厂，其实比我们做强盗的更坏……好了，你走吧！”

唐三子想不到这么几句话，竟然脱了身，顾不得擦脸上的汗，急走几步，拐进了半爿弄，还没舒出气来，背后那“强盗”猛然又叫道：“回来！”

唐三子机械地回过头，心里想：这下一定完了，这三十万哪，怎么向堂兄交代啊！

那“强盗”噔噔噔走上前，把手里的一卷东西往唐三子手里一塞：“对不起了，这位兄弟。唉，说来惭愧，我也是个失业工人，工厂让厂长败光了。可我……我没你们这么有志气，你们搜集厂长的罪证，去举报贪官，可我……我却做出这种事来！唉，我……我该死！”说着，他举起拳头，一拳击在自己的脑袋上，扭头就走，没待唐三子反应过来，眨眼就消失在夜幕里了。

唐三子一看“强盗”塞在他手里的那卷东西，原来是刚才被他搜去的三百块钱。他叫声好险，沿着半爿弄快步走去。走着走着，唐三子忽然停住了脚步，为啥？他心里在想：刚才那人虽然是强盗，但他是因为失了业才做了强盗的。谁知他一听我是去举报贪官的，不但放了我，还把抢去的钱还了我。听他临走时说的话，是醒悟了，要改邪归正，悬崖勒马呢！我呢，我怎么还要帮贪官藏匿赃款呢？我也该死！猛然，唐三子扬起拳头，恨恨地砸在了自己的脑袋上。

他回过头，毅然向公安局走去。

拒绝聘请

王阿毛十五岁就进机械厂当工人，已经干了三十多年钳工、锻工、修理工……什么工种都能干，那手艺真是额头上搁扁担——一头挑，所以全厂干部、工人都赞誉他为“万能工人”。

半年前，机械厂调来一个新厂长，这新厂长名叫万金友，先后当过几个厂矿的法人代表，都是在这些厂矿倒闭前就跳了槽，他不但为官圆滑、善打算盘，而且上上下下各条路都通，所以大家都叫他“万能厂长”。

万能厂长到任后，老调重弹，不抓经营生产，只知吃喝玩乐，没多久机械厂就开始走下坡路了，厂里传出一些小道消息，说工厂要裁员，闹得全厂干部、工人人心惶惶的。

这天王阿毛下班回家，老伴阿毛婶一见老头子就忍不住唠叨开了：“老头子，厂里要下岗裁员，可别把你也给裁减了！”

王阿毛听了，不由哈哈笑了起来，说：“老太婆，厂里下岗裁员不假，但要裁谁也裁不到我王阿毛头上来！”

阿毛婶讥笑道：“他万能厂长是你内侄，还是你万能工人是他外甥？”

王阿毛并不理会老伴的讥笑，一本正经地道：“你想想，做厂长的，总想把工厂搞好吧！工厂搞好了，有了利润，他万能厂长才能去酒店、舞厅消费！凭我老头子‘万能工人’的外号，留在厂里，你想想，万能厂长他会觉得亏么？”

阿毛婶想想也确实有道理，便不再吭声，去厨房端出一盆油余花生米，为老头子倒了满满一盅二锅头。

第二天一早，王阿毛去上班，只见厂门口围了一群工人，正在叽叽喳喳地议论贴在墙上的一张大红纸。原来是厂部公布下岗工人的名单告示。他不由心里一沉，说下岗就下岗啦！不由暗暗地叹了一口气。

几个调皮的工人看见王阿毛，都笑道："王师傅，你的大名年年写在光荣榜的第一名，今年下岗裁员，也没落了你，还是排在第一名！"

王阿毛大吃一惊，往大红纸上一看，可不是，"王阿毛"三个字赫然写在告示的第一排第一名。一刹那间，他仿佛被人当头敲了一棍，只觉得眼前金星乱冒，双脚一软，差点瘫坐在地上。

一些工人七嘴八舌道："下谁我们都服气，下王师傅我们不服气！厂里哪一台机器设备少得了王阿毛师傅？"

大家越说越气愤，有几个工人就拉了王阿毛来到厂长办公室找万能厂长评理。万能厂长的女秘书小冰儿想阻拦，哪里拦得住，工人们呼的一下全涌了进去。

万能厂长夹着一支大中华香烟，望着一大群工人，冷冷地一笑，道："谁下谁不下，这是厂部和职代会集体研究决定的！"

其实工人们都知道，自从万能厂长到机械厂后，什么事都是他一个人说了算，厂部、职代会只不过是聋子的耳朵——摆设。

见工人们群情激愤的样子，万能厂长又换了口气，道："其实，我也不想让大家下岗，但工厂实在困难，只好暂时下几个工人，等工厂一有好转，我就放十八响大爆竹，请大家回来上班！"见大家不吭声，又道，"大家想想，像阿毛师傅这样的技术骨干，我怎么舍得让他下岗呢？我心里，唉，也难受哟！可是关键时刻，也只有请你这样的老工人带头了！阿毛师傅，你放心，迟早我会请你回来上班的！”

话说到这份上，大家还有什么好说的呢，于是一群人垂头丧气地走出了厂长办公室。

王阿毛下岗后，租了一辆三轮车，每天奔波在大街小巷。只要碰见厂里的工人，他就会详细地询问厂里的情况，听听工厂有没有好转，什么时候能让下岗的工人回厂上班。每晚躺在床上，也辗转反侧，不能入睡。

有一天，王阿毛带一位客人去火车站，蹬着蹬着，竟把三轮车蹬到了火车站相反方向的机械厂。三轮车一蹬进厂里，那客人才发现上了车夫的当，不由大叫起来。这时，王阿毛也醒悟过来，忙不迭声地道歉：“对不起，对不起，我蹬反了方向……”

客人叫道：“我要去赶火车，去省城谈一笔大生意，要误了火车，这损失怎么办？”

王阿毛忙掉转三轮车头，狠命往火车站赶去，边蹬边歉意地向客人说了自己下岗的遭遇和一心想回厂上班的想法，客人听了才不再说什么。

几天后的一个中午，王阿毛疲倦地蹬着三轮车回到家里，只见屋里坐着个陌生人。阿毛婶见王阿毛回来，忙招呼道：“老头子，有个客人找你呢！”

那人一见王阿毛，忙站起身来，道：“王师傅，你还认识我吗？”

王阿毛仔细一看，原来正是前几天他蹬三轮车拉的那位客人，不由心里一惊，一定是这位客人误了火车，没谈妥那笔大生意，找上门要我赔偿损失了。便提心吊胆地问道：“同志，那天没耽误上火车吧？”

那客人笑道："没有，没有！"

王阿毛这才放下心来："那你……"

客人从口袋里掏出一张名片来，说："我在大街上找了一圈，没找着你的三轮车，便去你们机械厂问，这才找到你家里来了！"

王阿毛接过名片一看，原来客人是一家乡镇机械厂的老板，名叫王永发，便问："王老板找我有什么事？"

王老板笑道："那天在三轮车上，我听你说很想回厂上班。我后来得知你原来就是机械厂大名鼎鼎的'万能工人'，我的厂正好需要你这样有实践经验的人才！所以，我这次来，是特地聘请你到我厂当技术顾问，每月工资两千块，包吃包住，你如答应，明天就来上班！"

王阿毛听明白是怎么一回事后，不由笑道："多谢王老板的好意，不过，我如今还是国有企业的正式工人哪！"

王老板不由笑弯了腰："嗨，王师傅可真逗，如今机械厂让你下岗这么久了，说不定明天就把你给一脚踹了呢，还什么国有企业呀！"

王阿毛不高兴了："你这是什么话？我们厂长说过迟早要请我回去的。你走吧，我不会跟你去的，我有自己的工厂！"

王老板见王阿毛逐客，只得悻悻道："好吧，我先走，不过，王师傅可以考虑，这蹬三轮车收入一两元的可不是个事啊！什么时候愿意来上班，那名片上有我的手机号码。"

拒绝了王老板的聘请，王阿毛依然每天早出晚归，老老实实地蹬他的三轮车，抽空打听机械厂近来形势有没有好转、万厂长什么时候能让他回去上班。但他得到的消息却越来越坏，他和一批技术工人下岗后，又有一些生产骨干被裁了员，只留下一些吊儿郎当的工人，这段时间根本没有开过工。王阿毛听了更是长吁短叹，忧心忡忡。

眨眼到第二年开春，这天王阿毛正蹬着三轮车在大街上兜圈，忽然被机械厂的几个工友喊住了。见他们心急慌忙的样子，王阿毛就知道一定是工厂又发生了什么大事，便停住了三轮车。

工友们七嘴八舌地告诉王阿毛："阿毛师傅，不好了，咱们的工厂破产啦！"

王阿毛吃了一惊，哪里肯相信，道："别瞎说，咱们机械厂这么厚实的家底，怎么会说破产就破产了？"

工友们道："厂门口贴着告示呢，说让我们去厂里结算安置费，把工龄买断了呢！"

王阿毛忙跟了工友们赶到厂里，果然，厂门口贴着一张白报纸，上面写着限工人十天内来厂财务科结算工厂破产安置费，延期未结算的，以后自个儿去市有关部门结算。

望着那张白惨惨的告示，王阿毛呆呆地站了半晌，猛然叫道："完了，完了！"一屁股坐在了地上，竟像个孩子般地号啕大哭起来。

工友们过来劝道："王师傅，别哭了，散了伙也拉倒，我们大家为企业做贡献，干死干活也不过养活了几个蛀虫！凭你王师傅'万能工人'的外号，到哪儿不端个饭碗？"

王阿毛失魂落魄般回到家，难过得茶饭不思，大病了一场，过了一个多月，才恢复精神，便又重新蹬起了三轮车。

半年后的一天，王阿毛送一个客人去火车站，回来时路过崇德宾馆，忽听得一个娇滴滴的声音喊他："阿毛师傅！"

王阿毛以为有人要车，一回头，原来是一辆簇新锃亮的奔驰轿车停在宾馆门口，从车里钻出来的竟是那位破产厂长万金友和他的女秘书小冰儿。

王阿毛心里疑惑，想厂长自己有轿车，还喊三轮车干啥？但客人喊，总得过去，便蹬了三轮车过去，叫了声“厂长”，万能厂长冲他笑眯眯地一点头。

小冰儿娇滴滴地更正道：“阿毛师傅，现在不能叫厂长了，得叫老板！”

王阿毛只得改口道：“万……万老板，有什么事？”

小冰儿道：“我们正想去你家，在这儿碰见你，正好！你还不知道吧？机械厂破产后，已经被我们万老板私人买下了！”小冰儿说着，咧着涂得血红的小嘴，朝万老板嫣然一笑，又嗲声嗲气地道，“你不是常想回厂上班么？老板让你回厂，继续干你的老本行！”

“厂长……噢，老板，你私人把工厂买下了？”王阿毛无论如何也不肯相信，这么大一个工厂，万厂长哪来这么多的钱，说买就买下了？就这么摇身一变，从一个国有企业的厂长变成了个体老板！

王阿毛毕竟不是笨人，他一下子明白了，原来当时万能厂长故意让机械厂的技术工人、生产骨干下岗是另有目的的，就是为了让工厂早些垮掉，趁机提出破产申请，然后再自己把“不值钱”的工厂买下……

望着发呆的王阿毛，万能老板开口说话了：“王师傅，这两年，可惜了你一身的好技术哟！我早就和你说过，迟早我会让你回来上班的。这下，你这个‘万能工人’可是大显身手的时候啦！”

见王阿毛还是一副痴痴呆呆的样子，小冰儿扑哧一声笑了，她从鳄鱼皮坤包里拈出一张粉红色的纸片儿来：“这是万老板给你下的聘书，聘任你为机修组组长，每月工资两千元……”

王阿毛盯着眼前的聘书，不由双眼一阵模糊，终于，他颤抖着伸出那双侍弄机器近四十年的手，接过了聘书。

万能老板见王阿毛接了聘书，得意地笑了：“王师傅，好好干，工资除外，我再加你奖金……”忽然，他倏地住了口，只见眼前似彩蝶飞舞，那张聘书已被王阿毛撕成碎片，飘飘忽忽落到了地上。待他和小冰儿定下神来，看那王阿毛，早已蹬着三轮车投入茫茫人海之中。

鉴定一绝

何老师出身书香世家，祖上专事书画鉴定，其父何老先生被书画界誉为“浙西一绝”。凡人们购买字画，有所疑虑，只要找何老先生一过目，真赝立辨。但何老先生为人正直，据说，当年何家贫寒，有一书画贩子拿一幅赝品让何老先生鉴定，许诺如果何老先生说是真迹，以大洋三十为酬谢。何老先生断然拒绝，说：“情愿饿煞灶前，也决不鉴伪为真！”从此被人誉为“鉴定一绝，饿煞灶前”。何老师自小跟着父亲，耳濡目染，老先生过世后，“浙西一绝”的称誉自然就落到了何老师的头上。

何老师从禾城中学退休后，就在家里看看书、写写有关字画方面的文章，偶尔帮人鉴定一些字画。这天午后，何老师正在客厅和夫人谈论字画，忽听得门外有人问：“何老师在家吗？”

何老师出去一看，却是镇上的建筑老板康大宇。这康老板以承包建筑工程而发家，他粗通文墨，好附庸风雅，经常购买一些字画，收藏在家里，因不懂鉴别，怕买到赝品，便时常请何老师鉴别。何老师知道，这会儿康老板上门，必定又是看中了一幅字或者画，来请自己鉴别真伪。

果然，只见康大宇身后跟着一个二十来岁的年轻人，腋下挟着一只天蓝色布袋。

康老板一见何老师，笑吟吟地道："何老师，又有事麻烦您啦。"

何老师笑道："康老板又看上什么名人字画啦？"

进了客厅，落座后，康老板把两盒杭白菊放到桌上。何老师帮人鉴定字画，从不收酬谢，大家知道何老师喜欢喝菊花茶，每次请他鉴定字画，便拿一两盒杭白菊，以作酬谢。

康老板放下杭白菊，便让那年轻人拿出那幅画，那年轻人从布袋里取出画，摊在八仙桌上。康老板说："何老师，我想购买这幅画，但实在眼拙，只有请您老帮我鉴定一下！"

何老师便放水净手，又让夫人焚香，然后用放大镜细细观看那幅画，细细看后，不由暗暗吃惊，原来这是明朝人宋旭的绢画《松壑树石图》。这宋旭于明嘉靖四年（1525）生于崇德县石门湾（今桐乡市石门镇），卒于明万历四十八年（1620），享年九十五岁，是明代有名的长寿画家。他才华出众，能诗善文，尤擅绘画，花鸟人物，无所不精，更以山水画闻名于世，时人称其为"宋石门"，因性格洒脱清逸，厌恶官场世俗，不求仕途，少年时曾落发武康天池，法名祖远，精通禅理和养生之道。由于他好云游，他的足迹遍历名山大川，深得天然神韵。他曾师从吴门画家沈周，风格笔意酷似乃师，所画山水层峦叠嶂、云泉飘逸、树木苍古、峰石奇异。而《松壑树石图》更是画家传世之作，为画家在明万历乙未年（1595）七十岁时创作的作品。该作品为一幅丘壑深密、结构严谨的山水画，所描绘的是秋色景象，画面展示了高崖陡壑、奇峰峻岭、山麓险峻、怪石嶙峋。在画面居中的松林丛中一枯心老松倾斜横卧，但卧而不倒，既古拙而又生机勃勃，一边缀有清溪幽谷，一眼便知为江南山水。

何老师观看画面，但见笔墨遒劲，长绉小点，沉郁深重而又淋漓尽致。他细细观看，时间不知不觉逝去，那两炷清香只剩下半指长的香头，但仍然沉默不言。

那康大宇见何老师久久不说话，终于忍不住了，问道："何老师，请您老说一句话，到底是真品还是赝品？"

何老师抬起头来，却不理会康大宇，只把眼光扫向那卖画的，只见那年轻人一身青灰色旧西服，虽陈旧但整洁，瘦削的脸上一双眼睛虽不大，但亦炯炯有神，也望着何老师，露出一丝祈盼的神色来。

良久，何老师问道："这位小兄弟，你是哪里人？为何要卖了这幅画？"

那青年脸上一红，道："小的姓万，叫万镛浩，湖州吴兴人，因父亲病重，要住院动手术，但实在拿不出这笔医药费，万般无奈，只得卖了这幅祖上传下来的画。"

何老师沉吟了一会儿，又问道："这幅画，你要卖多少钱？"

万镛浩眼睛眨了眨，道："只要有一万元就够了。"

一旁的康大宇见何老师不说正题，又催促道："何老师，这幅画到底是真是假？"

何老师掷下放大镜，仰面朝天，闭上双眼，半晌，终于微微点头，吐出两个字来："真品……"

康大宇高兴得一拍手，叫道："好，好，这幅画我买下了！"

这时的万镛浩也呼地舒出一口气来。

眨眼到第二年初夏，这天早上，何老师正在书房研墨，忽然门铃响了，何夫人打开门，只见门外站着一个年轻人，年轻人一见何夫人，便笑吟吟道："何师母，何老师在家吗？"

何夫人道："在……在书房呢，请问你是？"

年轻人道："何师母不认识我了？我去年来过呀。"

何师母便把他让进屋里，年轻人进了客厅，何老师闻声从书房出来，年轻人朝着何老师恭恭敬敬鞠了一躬，道："何老师，您好！"

何老师忙上前扶住，仔细一看，原来却是半年前卖《松壑树石图》给康大宇的那个湖州人万镛浩，只是他穿戴极是考究，气色也大异于半年前，便问道："你父亲的身体可曾痊愈？"

万镛浩笑道："去年多亏何老师帮我渡过难关，我父亲已经顺利动了手术，现在身体已康复，今天我是特地来向何老师致谢的。"说着，万镛浩掏出一沓百元钞票和两盒杭白菊，放在何老师的茶盅旁："这三千元，是我特地向何老师表示谢意的。"

何老师看也不看那沓钞票，伸出右手一推，将钞票推回万镛浩面前，笑道："那幅《松壑树石图》，乃是用新仿做旧的手法仿制的，先把绢纸做旧，仿制成后，又在潮湿处存放一段时间，但虽经'压火篹色'，总还有一丝人为的刷染痕迹显露！"

万镛浩笑道："何老师识真辨伪，我真的很佩服……"

何老师打断万镛浩的话："你今天来，除了要谢我，还有什么事？"

万镛浩神秘兮兮地凑近何老师，低声道："杭嘉湖一带，字画识别，唯有何老师独柱擎天，我的意思：今后我再出售字画，都请您来鉴定，所获利润，两人均分……"

何老师仿佛被黄蜂蜇了一口，猛然站起身，仰首哈哈大笑起来，直笑得万镛浩莫名其妙，好一会儿，万镛浩才惴惴地道：“何老师如果嫌利少，我愿意四六分成！”

何老师正色道：“你把我何某人当成什么人了！为了牟利和你串通坑人？”

万镛浩不解地问道：“那……去年何老师为什么要帮我哄骗那康老板呢？”

何老师冷冷地道：“那是我看你穷困潦倒，而且老父亲动手术急需医药费，而那康老板乃巨富，骗他拿出万把元来，也不算什么罪过，才故意把那幅假画说成真品，那是为了成全你的一片孝心！”说罢，端起茶盅，再不理睬万镛浩。

万镛浩嘿嘿笑道：“何老师太认真了，既然这样，这三千元请收下。”

何老师道：“想当年，我父亲饥寒交迫，尚不肯为人作伪，被誉为‘鉴定一绝，饿煞灶前’，如今我吃穿不愁，又岂能为了钱财与人作伪？”

万镛浩还不死心：“听说何老师喜欢杭白菊，这两盒杭白菊，请何老师收下！”

何老师哈哈大笑，指着屋檐下挂着的一只塑料袋，说：“你看，这就是去年我帮你鉴定《松壑树石图》时，那康老板留下的两盒杭白菊，那次我为了成全你的孝心，为你作了假，所以没敢喝康老板留下的菊花茶！”

万镛浩涎着脸皮道：“我们是生意不成情谊在，我的杭白菊您留下，不过是交个朋友啊！”

何老师道：“菊花茶，是我一生的最爱，但今天我如果收下了你的杭白菊，那岂不是玷污了杭白菊的清誉？”见万镛浩悻悻的样子，何老师又有些怜惜地说，“你还年轻，又有技艺在身，如肯走正道，我可以举荐你到博物馆，修补残缺书画！”见万镛浩似乎心动，何老师又道，“人这一生，就像这杭白菊一样，要永留清香在人间！”

旅游途中演场戏

单位里组织旅游，朱洪标一行人在导游的带领下，兴致勃勃地出发了。到了旅游目的地，导游就把大家交给了当地的导游。没想到这位当地的导游小姐非常不讨人喜欢，到了景点只是马马虎虎地介绍一下，走马灯似的就过了场，但一到土特产商场，却赖在那里不肯离开，非要大家买一大堆不可，如果谁买得少了，她就不给好脸色看。

大家对这个导游小姐意见很大，于是朱洪标和大家串联，到了商场不买土特产，让那导游小姐赚不了回扣。导游小姐知道是朱洪标在从中捣蛋，对朱洪标恨得牙痒痒的，恨不得狠狠地咬他一口。

这天晚上，导游小姐高兴地告诉大家：“明天我们到一个传统景点，那里的活动，可是几百年流传下来的，传说这里出过一个清官，判案如神，所以当地旅游部门有一个‘清官判案’演出，游客还可以参与演出活动。”

第二天，导游带领大家来到这个景点，但朱洪标很快就发现，这些景点几乎都是新建造起来的，那些建筑物的油漆还散发出一股浓浓的味道。

刚到门口，几个工作人员就迎了上来，把大家带进一个广场，只见广场上造了一幢衙门一般的房子，中间摆着一张戏文里包龙图审案的案桌，大堂外面放着一些板凳，那是留给观众的。大家一进去，工作人员就捧出一些戏服来，原来是要演戏，朱洪标他们可乐了，大家便坐下来等着看戏。这时，那导游小姐和几个工作人员嘀咕了几句，一个工作人员便捧着一套戏服走到朱洪标面前，说："这位先生，生得天庭饱满、地廓方圆，一定是个当干部的，这会儿我们演戏，还少一个县令的角色，就请你来扮演吧！"

原来是要演一场游客参与的"县官审案"的戏，见朱洪标要推辞，导游小姐连忙跑上前，笑吟吟地道："这县官最好演，反正戏里就你的官最大，这戏怎么演下去就由你做主！"见朱洪标还在犹豫，导游小姐又道，"你别紧张，这样吧，我演师爷，就站在你身后，万一有什么事，我提醒你！"

这时，朱洪标的同事也嘻嘻哈哈地撺掇朱洪标："洪标，过一把当演员的瘾也不错啊！""洪标啊，不就演戏嘛，又是自由发挥，念错了台词也没关系，无非是让大伙儿笑笑嘛！"

朱洪标看看实在推辞不掉，只好答应下来，于是几个工作人员上来，七手八脚帮朱洪标换上了县官的官服。

朱洪标穿好县官的服装，像模像样地坐到案桌后，这时，那导游小姐也换上了一套古代长衫，鼻子下面还粘了两撇胡子，装成师爷的角色，站在朱洪标身后。四个景点工作人员装扮成衙役，站在两边。

戏很简单，说的是一个村姑提了一篮橘子，在路上碰到一个无赖，要调戏她，姑娘喊救命，最后闹到了公堂，就由县官审案，说是演戏，但台词都是临场发挥。

朱洪标刚开始还有些紧张，但他很快镇静下来，不一会儿，一个姑娘提着一只竹篮子大叫告状。朱洪标咳嗽一声，惊堂木一拍，叫道："传上来！"

于是，那姑娘提着一只竹篮子上了大堂。朱洪标看那姑娘手里的竹篮子，里面盛了十多只青皮橘子，便装腔作势喝道："堂下何人？所告何人？"

姑娘便回答说，她在橘园采橘子，路上碰到一个无赖调戏她。

朱洪标便一拍惊堂木，喝道："谁敢这么大胆？光天化日之下竟敢调戏良家姑娘，把被告带上来！"

几个衙役拖长了声音喝了一声"威——武——"，便把那个无赖带上堂来。朱洪标喝道："大胆狂徒，光天化日，竟敢调戏良家姑娘，该当何罪？"

那"无赖"跪在地上，一双眼睛骨碌碌一转，道："禀报大老爷，小人买了橘子回家，路上被这女子抢了去，小人只是要讨回橘子，并没有调戏她，请青天大老爷明鉴！"

这时堂下的观众发出一阵嬉笑。朱洪标模仿电视里审案的样子，一拍惊堂木，喝道："既然橘子是你买的，那本老爷问你，这一篮橘子有多少斤两？多少钱一斤？一共花费多少钱？"

那"无赖"支支吾吾地哪里说得出，于是，朱洪标一拍惊堂木，喝道："你这个二流子，调戏良家女子，反诬别人抢你橘子，来人！给我当堂重打四十板子，让这小子一生一世养不出儿子！"

于是，在大家的嬉笑声中，几个衙役吆喝一声，举起手里的板子，装腔作势地比画了几下。

那"无赖"被赶出大堂后，朱洪标以为戏就结束了，这时，那村姑说话了："民女多谢青天大老爷！"

朱洪标学着古戏里的包公，呵呵笑道："不客气，不客气，当官不为民做主，不如回家卖红薯！”

村姑笑吟吟地道：“民女为感谢青天大老爷，代表景点的乡亲们，就将这篮橘子送给大老爷，以表心意。请大老爷收下！”说着，走上前，把竹篮往朱洪标手里塞。

朱洪标哪里肯收，这时，站在朱洪标身后的“师爷”那个导游小姐连忙上前一步，道：“老爷，这是乡亲们的一点心意，您老就收下吧，只要稍稍打赏几个钱就可以了！”见朱洪标好像听不懂自己的意思，便附在朱洪标耳边说，“这位先生，这是当地旅游景点演出以后的规矩，你就收下吧！不过，你收下橘子，只要象征性地付一点钱就可以了！”

朱洪标问道：“象征性？付多少？”

导游小姐道：“少则两百，多则不计。”

朱洪标听了，不由心里一惊，他这才知道，自己落入了导游和景点工作人员布下的圈套了。他一双眼睛骨碌碌转了好几转，想怎么才能摆脱这个圈套。他知道，在这个景点，想跑是跑不掉的，景点的工作人员早有准备，自己身上那套官服还没脱下，就已经被逮住了，说不定还会遭一顿揍呢！

朱洪标又想，我不如一拍惊堂木，大声呵斥村姑：“本老爷以清廉为本，你竟敢行贿本老爷，让衙役重打四十大板！”这样不仅拒绝了这篮橘子，还可以脱身。但一想，这景点演戏，肯定不是一次两次，上当的人肯定不少，不收橘子肯定也过不了关。而最可恨的是那个导游让自己钻进了圈套，应该让导游吃点小苦头才是。于是，朱洪标眉头一皱，又坐下来，惊堂木一拍，哈哈笑道：“姑娘一番好意，本老爷可不能辜负了，但本衙门一应账册，都由师爷掌管，你就请师爷收下橘子，让他打赏！”

那村姑哪里想到朱洪标会来这一手，便把橘子篮送到“师爷”

面前。那导游小姐一时也反应不过来，下意识地伸手接过了竹篮。

这时，朱洪标不失时机，大喝一声：“退堂！”

回到宾馆，导游小姐就急急忙忙找到朱洪标，跟他要两百元橘子钱。朱洪标笑道：“这是演戏，你怎么真的给了钱？”

导游小姐气急败坏，连连跺脚，道：“原本想赚个四十元，没想到反而赔了两百元！”

快餐店的生意

一年前，鸿新路上同时开张了两家快餐店，两位老板是一对亲姐妹，但姐妹俩经营了一年，同样的价格、同样的口味、同样的服务，姐姐的快餐店经营得红红火火，而妹妹的快餐店却门可罗雀。这到底是什么原因呢？原来，竟然是因为两家老板娘自己吃的饭菜不同。

鸿新路附近有几家大企业，虽然有些企业里有食堂，但好些工人图方便，也为了换口味，都喜欢出来吃快餐，而且这条大路上人来人往，于是刚刚从烹饪学校结业的阿凤和阿美两姐妹在鸿新路上各自租了一个店面，一人开一家快餐店，姐姐阿凤的快餐店取名“风味”，妹妹阿美的快餐店取名“美味”。两家快餐店隔一条大街，门面装修得一模一样，连店堂里的桌子、椅子也排列得一模一样。转眼一年过去，可说来也奇怪，姐姐的风味快餐店生意天天兴旺，雇了五个帮工还忙得喊腰痛。而大街对面妹妹的美味快餐店却惨了，店堂里冷冷清清，唯一的那个帮工把桌子擦了一遍又一遍，零零星星地就是没几个人上门。

这天中午，阿美在自己店堂里守着热气渐渐消散的饭菜，见大街对面姐姐的快餐店里人流涌进涌出，吃饭的顾客宁愿排队等候，就是没人进她的店门，她越看心里越烦，终于忍不住了，便噔噔噔奔出店堂，穿过大街，进了姐姐的风味快餐店，把忙得擦汗也没时间的姐姐拉了出来，问："姐，你告诉我，你是用了什么魔法，把这些客人的胃口吊住的？"

阿凤眨了眨眼睛，道："我没使什么魔法啊，再说，小妹你又不是不知道，姐哪会什么魔法？"

阿美叹了一口气，道："姐，我和你卖的快餐价格一样、质量一样、服务态度一样，为什么你的快餐店门庭若市，生意这么好，而我的快餐店却门可罗雀，眼看要关门大吉了？"

阿凤擦了一把汗，道："小妹，我也不知道是什么原因，为什么没人进你的店里吃饭，现在我店里生意正在高峰期，等过了这个时间点，我们再碰头找找原因！"

等到午后，阿凤看看饭菜卖得差不多了，便收拾了一下，一家人和伙计便盛了剩下来的饭菜，正吃着，只见又走进三个人来，为首一人道："老板娘，来份快餐！"

阿凤见这几个人面生，知道不是本地人，便笑吟吟地道："对不起，我这里快餐卖完了。"

那几个人七嘴八舌地道："哎，这才什么时候啊，饭菜都卖完了？"

阿凤道："这样吧，三位请到对面吧，那家美味快餐店是我妹妹开的，风味、价格和我这里一样。"

那三位客人笑道："对啊，对啊，对面还有一家快餐店啊！"

却说阿美坐在店堂里，心里烦躁，叹了一口气，心里想：今天这许多饭菜，看样子又要往泔水桶里倒，拿去喂猪了！

这时，小伙计阿林道："老板娘，都快十二点了。"

阿美看看时间，知道今天的生意又差不多了，不由又叹了一口气，站起身来，准备自己炒几个菜，要吃饭了！

这时，刚好那三个客人踏进店堂，看到阿美正要去灶台上忙活，便叫道："老板娘，吃饭！"

刚要到灶台上炒菜的阿美看到有客人进来，连忙笑容可掬地上前招呼："欢迎，欢迎。"说着，指了指那些快餐："快餐正热着呢，请三位挑，要吃些什么？阿林，快招待客人！"

那三位客人看了看一盆盆已经没了热气的饭菜，为首的那个道："我们就要吃你刚才炒的那几个菜。"

阿美笑道："哎呀，不好意思，这几个菜是我们自己吃的。"

客人不解地问道："怎么，你们自己吃小灶啊？"

这时，三个客人低声嘀咕了几句，又皱了皱眉头，道："那，我们换一家。"说着，也不等阿美开口，就转身逃一样出了店门。

阿美想不到好不容易等来了客人，却又莫名其妙地走了，不由又气又急，但总不能上前去拉住他们吧，便冲着三个客人的背影瞪了瞪眼睛，心里恨恨地想：怎么，我们当老板的就不能吃小灶啊？

好不容易等到对面的阿凤忙好了，阿美连忙把姐姐拉到自己店里，向她讨教。

可阿凤也想不出到底是怎么回事，为什么一街之隔，两家快餐店的生意会相差这么大。

阿美见姐姐也找不出原因来，叹了一口气，道："姐，你说奇怪不奇怪，刚才来了三个客人……"

阿凤道："对啊，是有三个客人到我店里，但我店里已经落市了，就介绍他们到你这里来了。”

“是啊，来是来了，但奇怪的，放着现成的快餐不要，偏偏要点我炒的几个菜，我一时没反应过来，说了句炒的几个菜是我们自己吃的，他们竟转身就走了，还嘲笑我们吃小灶，真把我给气死了！”

阿凤听了，笑道：“你这个小妹啊，从小仗着爸妈对你的宠爱，娇生惯养，吃饭吃菜挑三拣四，这也不吃，那也不吃，这脾气到今天还是没改！”

阿美道：“姐，这些大锅烧的快餐，我真的没胃口吃啊。”

猛然，阿凤一个激灵，问道：“小妹，这一年多来，你吃饭一直开小灶的吗？”

阿美道：“是啊。”

阿凤一跺脚，叫道：“我知道你的快餐店没人光顾的原因了！”

阿美一听，道：“姐，你说，到底是什么原因？”

阿凤道：“因为你自己的原因，这不吃，那不吃……还要吃小灶！”

阿美听了阿凤的话，心想：没道理啊，我这不吃，那不吃，就吃小灶，这和客人不到店里吃快餐有什么关系啊？便问道：“姐，这和店里的生意有什么关系啊？”

阿凤道：“怎么没关系？关系可大着呢！”

阿美急道：“姐，你就别卖关子了，快告诉我，到底有什么关系？”

阿凤道：“我每天生意一落市，一家人就盛大堂里的那些饭菜吃……”

阿美笑道：“呵呵呵，我姐从小就是个乖孩子，能吃苦，吃菜从来不挑剔！”

阿凤道：“你别笑，你啊，每天放着现成的饭菜不吃，非要烧小灶！”

阿美道：“我说过了啊，我吃不惯这些大锅烧的快餐，当然只能在小灶上重新烧了。”

阿凤道：“这就是你店里没人来吃饭的原因，我知道你吃不惯大锅菜，但你想啊，你这个老板娘一家人另开炉灶烧饭菜吃，别人还有谁敢来吃这些主人也不敢吃的大锅菜？”

阿美不解地问道：“我们一家子不吃大堂的菜，和生意有什么关系？”

阿凤伸手一点阿美的额头，正色道：“你自己傻，你以为别人和你一样傻啊！你难道没听说过，人们都在沸沸扬扬地传说，就连报纸和电视台也在揭露，说一些不良的小饭店老板为了节约成本，专门买一些廉价的地沟油，就用这些地沟油烧菜……”

阿美听了，不由后背一阵发冷，她猛然省悟过来，一跺脚，叫道：“啊，原来是这么一回事，我……我明白了！”

人猴恩仇

人，住在城里，猴，住在山里，人和猴，却结下了不共戴天的仇。原来芸芸生灵，人兽皆同性。

一、去猴王山看猴

白天飞早就想带着妻子和儿子去游览猴王山了。

白天飞是河干县政府的行政后勤局长，虽然说是一个科级干部，但县政府人来客往的，都要他出面招待，有人说，白局长比县委书记和县长还要忙，这话一点也不夸张。这个星期，因为县里的主要领导组成考察团出国考察去了，他才落得几天清静，等到星期天，准备带妻儿出去游览。

猴王山山高林密，山上清泉淙淙，风景秀丽，是河干县有名的风景区，既名“猴王山”，山上历来产猕猴，游人游猴王山，大都是为了观赏猕猴。其实，猴王山上有两处著名景点：一为猴王台，一为侯王寺。既名“猴王山”，那么必有猴王，早在清代初期，侯王寺的僧人在半山腰搭建了一个猴王台，以供猴王“点兵”，所以称为“猴王点兵台”。还有一个景点，就是远近闻名的那座古寺——侯王寺。侯王寺原名猴山寺，当地传说，明太祖朱元璋建立政权后，为了巩固大明基业，大杀功臣，他的一个儿子实在看不下去，又劝说无效，便离开京城，四处游历，来到猴王山，见这里山清水秀，风景如画，那猴山寺不但建得高大轩昂，而且别具一格，掩映在丛林之中，他便在猴山寺出家做了和尚，后来又收容了不少从京城逃出来的功臣，之后，这座寺也被称为“侯王寺”。几百年来，侯王寺香火旺盛，代代相传，现在侯王寺的住持也是个高僧，法名无垢。

游猴王山看猕猴，是白天飞的儿子白小飞三年前读一年级时就提出来的，白天飞也答应带他到猴王山看猴，实在因县政府的工作太忙，虽然白天飞是个不上品级的科级干部，但行政后勤的工作实在太多。所以现在儿子都读三年级了，一直没有带儿子游览猴王山。

白天飞出门，都要戴一个假发套，三年前，白天飞得了一场怪病，原本满头的乌发莫名其妙地脱了个精光。为医脱发病，白天飞全国各地的大医院都跑遍了，民间单方也用了无数，但他的脑袋就是光秃秃的，长不出一根毛发来，于是白天飞也死了心，买了一个假发套，平时出门就戴在头上，倒也看不出什么来。

白天飞的父亲白德仁在河干县城里开着一家餐馆，名为“乡味”，乡味餐馆专门为食客供应野味，自二十世纪七十年代开张以来，生意做得红红火火。这会儿临出门，乡味餐馆老板白德仁早已为儿子、儿媳妇和小孙子准备妥当，饮料食品样样俱全。白小飞见爷爷忙前忙后，便缠着爷爷，要他一起去猴王山。

“爷爷，你也去，一起去看猴子！”白小飞拉着白德仁不肯放手。

白德仁笑道：“二十年前，爷爷经常去猴王山的，去得多了，也不觉得稀奇了，再说，爷爷还要照看餐馆的生意呢！”

二、猴子敬重剃光头的

猴王山距河干县城三十多公里，白天飞开车用了半个多小时就到了风景区，在停车场停好车，白天飞背起装食物的包，向猴王台进发。

坐落在半山腰的猴王台，是用木头修筑的，高有三丈，上面用木板铺成一个平台，四周横七竖八有很多木条，可供三四百只猴子同时攀登。这一带常年生活着几千只猴子，由一只猴王统领着，那猴王便常常和群猴在这儿聚集，所以游人把这座木头搭建的木台称为“猴王台”。这一带虽然有很多的猴子，但猴子和游人相处和睦，从来没有发生过猴子袭击游人的事件。有时有些顽皮的游人招惹了猴子，猴子们也只是吱吱地叫几声，然后避开了。

白天飞和刘雪雪、白小飞来到猴王台前，白小飞就在一块大石头上一躺，嚷嚷着叫道："猴王点兵台到了，看猴子了！"

刘雪雪也道："猴王台到了，我也累了，肚子也饿了！"

白天飞哈哈笑着，放下包，拿出一块塑料布，铺在一块平坦的地方，然后从背包里拿出食物、饮料。三个人刚要吃喝，忽然从四面树丛中涌出十多只猴子，在他们身边跳来跳去，吱吱叫着，看那神色，是要讨吃的。白小飞觉得有趣，就抓起一把花生米撒向猴子，猴子们你抢我夺，吃得津津有味、不亦乐乎，逗得白天飞一家呵呵大笑。

这时，白天飞打开一听罐头，那群猴子一见罐头，便吱吱叫着要上前抢夺。白天飞故意逗猴子，左藏右藏不肯拿出来，把那群猴子惹急了，它们围着白天飞吱吱乱叫。这下把刘雪雪吓坏了，她大叫："天飞，给它们，别惹出什么事来！"

白天飞呵呵笑道："没事，这猴不伤人！"

但白天飞没有想到，猴子毕竟是猴子，那群猴子见了美味却吃不到，不由动了怒，于是仗着猴多势众，一拥而上，抓住白天飞又抓又挠，等到白天飞发觉不妙，已经来不及了，他知道惹恼了群猴，连忙把手中的罐头扔掉，但那群猴子还是不依不饶，吱吱叫着，揪住他不放。

一只壮硕的公猴伸出前爪，一把揪住白天飞的头发，这一揪，竟然把白天飞的发套给揪了下来，把白天飞弄得狼狈不堪。谁知那群发疯般的猴子一见白天飞光溜溜的脑袋，竟好像见到了什么圣物一样，一刹那间同时住了手，齐刷刷地趴在一边。

这一下，可是白天飞没有想到的，刘雪雪也从惊恐中清醒过来，她怕群猴再闹事，连忙把随身带的花生和糖果拿出来，撒给猴子。

那群猴子这才慢慢地围拢过来，先是文静地吃，不一会儿，又开始抢夺起来。

三、猴子绑架游人

白德仁的乡味餐馆，因为是三十多年的老店，在河干县有些名气，食客很多，中午时分，乡味餐馆生意正忙，白德仁进进出出地招呼客人，忽然手机嘀嘀响了起来，白德仁以为是客人订座，一看手机，原来是儿媳妇刘雪雪打来的电话。

“人家正忙着呢，没事打什么电话！”白德仁嘴里嘀咕着，打开了手机，谁知一听手机，就被吓呆了，原来电话里只听得刘雪雪惊恐万分地大叫道：“爸，爸，不好啦，天飞和小飞被……被绑架啦……”

白德仁大吃一惊，这么多年来，自己守着乡味餐馆，起早摸黑，苦心经营，生意兴隆，赚了不少钱，不但担任了县工商联副会长，还被商业界推选为县政协委员，所谓“树大招风”，那些不法分子肯定红了眼，盯上了自己。他不由冲着电话大叫道：“是什么人绑架的？他们要多少钱？”

电话那头的刘雪雪急叫道：“爸，它……它们没要钱……”

白德仁叫道：“没要钱？那要什么？”

刘雪雪道：“我也不知道……”

白德仁感觉到了不对头：“雪雪，你别急，慢慢说清楚，到底是什么人绑架了天飞和小飞？”

刘雪雪叫道：“不是人，是……是一群猴……猴子……”

却说那白天飞想不到，危急时刻，竟然是自己的一颗秃头解了围，他搔了搔自己光秃秃的脑袋，望着你抢我夺的群猴，惊魂甫定，忽然，抢夺花生米的猴子刹那间静了下来，一只只全都恭恭敬敬地蹲在一边，一双双眼睛望着猴王台。白天飞他们一看，原来猴王台上来了一只老猴，那老猴身体硕大健壮，正瞪着一双眼睛在猴王台上威风凛凛地巡视着。白天飞知道，这只硕壮的老猴一定就是那统领着猴王山群猴的猴王。

不一会儿，那只猴王好像嗅到了什么气味，停住脚步，一双眼睛盯着白天飞他们三人，然后慢慢地朝他们走来。猴王来到白天飞三人休息的地方，嗅着鼻子围着他们转了几圈。忽然，猴王的一双眼睛变得血红，好像遇到了仇人似的瞪着一双愤怒的眼睛，吱地发出一声尖锐的长啸，那啸声尖锐凄惨，直冲云霄。随着那凄惨的长啸声，四周的树林子里竟一下子涌出几百只大小猴子来，把白天飞他们团团围住。

随着猴王的凄惨长啸，那团团围住白天飞三人的群猴也跟随着长啸起来，几百只猴子的凄惨长啸，可谓惊天动地，那场景更显得惊心动魄。

白天飞和刘雪雪、白小飞三个人置身遍野的群猴之间，仿佛被淹没在一片海洋之中，四周是一片震耳欲聋的群猴长啸，他们从来没有见过这样的阵势，不由得紧张起来，十岁的小飞更是吓得哇的一声哭了起来。刘雪雪也吓得瑟瑟发抖，她一把抱住小飞。

忽然，那猴王又一声长啸，群猴顿时一片寂静。

刘雪雪颤抖着声音问白天飞：“天飞，怎么办？”

白天飞强作镇定，安慰刘雪雪道：“别怕，别怕，这里的猴子从来不伤人的！”话虽这么说，但他自己的双手双腿也不由自主地颤抖起来。

寂静中，只听得那猴王又是一声凄惨的长啸，那啸声在山谷中回荡，猛然间，那群猴子竟一哄而上，七手八脚地揪住白天飞和白小飞，吱吱叫着，就往猴王台上拖。可奇怪的是，那么多的猴子，竟然没有一只去碰刘雪雪，刘雪雪一见丈夫和儿子被群猴拖了去，想上前救护，有几只猴子就朝着她扮鬼脸，又龇牙咧嘴地叫了几声，吓得她倒退了几步。

白天飞一见这副阵势，也不知道怎么得罪了群猴，便冲着刘雪雪大叫道："雪雪，快……快报警！"

刘雪雪连忙掏出手机拨打110，说明情况报了警，然后又打电话给公公白德仁。

白德仁听儿媳妇说了经过，不由傻了眼，心想：难道猴子也能绑架人？猛然，他仿佛想起了什么，心头一颤，额头上的那条伤痕不由隐隐作痛起来。

四、警察对猴子无可奈何

白德仁已经有二十年没上猴王山了，当年，他常常进山，后来，一个偶然的机会，他碰到了侯王寺的无垢大师，一番长谈后，白德仁从此便再不上山。

这会儿，白德仁心急火燎往猴王山赶去，等他赶到猴王山的猴王台时，山上的游人已被疏散，警察和山林管理员已经将猴王台团团围住，白德仁赶到猴王台前，只见儿子白天飞和小孙子白小飞被那群猴子用树藤捆绑在猴王台上，猴王台正中一把木椅上，那只猴王威风凛凛地蹲坐着，怒睁双眼，四面环顾，头顶一撮白毛正在山风中微微飘动，显得特别耀眼。猴王台四周，几百只猴子严阵以待，吱吱叫着，朝着四面的人群手舞足蹈扮着鬼脸。有两只猴子正用两把不知从哪儿捡来的生满了铁锈的烂铁刀，在笨手笨脚地刮着白小飞头顶的头发。

那猴王一双眼睛骨碌碌转着，当白德仁挤到台前，猴王一眼看到了白德仁，不由长啸一声，一双滚圆的眼睛喷射出两道仇恨的火光，仿佛两把利剑，直戳白德仁。

这时的白德仁，哪里敢和猴王对视，却见小孙子的头顶已经渗出了殷红的血液，而白小飞早已吓昏了过去。白德仁见状，痛哭流涕："我的儿子，我的孙子……"

这时公安局王局长问道："你儿子和孙子以前来过猴王山吗？"

白德仁摇了摇头："他们从来没有来过猴王山！"

这时几个警察请示道："如果猴子要用烂铁刀伤人，要不要开枪？"

王局长道："那是几百只猴子呀！开几枪，不知能不能制服。"

见大家都想不出好主意，王局长沉吟了一会儿，道："可以让管理员上去试试，猴子和管理员熟悉，想来不会出意外！"

于是两个山林管理员上去，但刚刚接近猴王台，就被一群猴子你推我搡地赶了回来。

有几个管理员拿来几筐板栗和水果，放在猴王台一侧，想让那群猴子放弃"人质"去抢板栗和水果。但那群猴子看一眼板栗和水果，又看一眼猴王台正中的猴王，见猴王不动声色，群猴也不敢有所动作，仍然严阵以待，虎视眈眈地注视着四周的人群。

王局长和山林管理员面对这种场景，一筹莫展、束手无策，实在想不出既不伤害猴子又能救出"人质"的方案来。

王局长狠了狠心，问身边的几个山林管理员："如果开枪打死一只猴子，能不能警示其他猴子放掉游人？"

几个山林管理员连忙反对道："看这副架势，就是打死十只猴子，那群猴子也不会放掉那两个人的，说不定猴子一急，反而会向两人动刀！”

正当大家毫无办法的时候，忽然一个人越过警戒线，像疯了一般朝猴王台奔去，边跑边大叫道：“我来了，我来了，放了我儿子，放了我孙子！”

大家扭头一看，只见那疯子般的人正是白德仁。几个警察想要阻拦，但已经晚了。王局长急得直跺脚：“两个还没救出来，又赔进去一个！”

五、无垢大师的猴缘

只见白德仁奔到猴王台前，朝着那只猴王扑通一声跪了下来，扑通扑通地不住磕头，口中嘀咕嘀咕地说着什么，因相距太远听不清他在和猴王说什么。

那猴王蹲坐在台中央，一双眼睛血红，居高临下，直瞪着趴在地上磕头的白德仁，忽然，猴王仰天长啸一声，还没等四周的人明白是怎么回事，只见那几只猴子七手八脚地把白天飞和白小飞身上的树藤解开，然后推推搡搡地把两人推下猴王台，意思是要放他们走。白天飞见父亲还跪在猴王台前，便要去救父亲，那群猴子哪里肯让他过去，几个山林管理员趁机把白天飞和白小飞父子救了出来。

只见那群猴子叽叽喳喳一阵乱叫，一拥而上，连揪带拖，把白德仁带到猴王面前。

这时大家都不明白，那群猴子连平时最友好的山林管理员也不买账，为什么这个陌生人白德仁一上去，它们就这么轻易地把两个“人质”给放了。

大家正在惊疑间，只见群猴把白德仁拖到猴王面前，猴王围着白德仁转了几圈，然后猛地抓起那把烂铁刀，蹦到了白德仁面前。

众人一声惊叫，几个警察不由自主地举起了手里的枪。

正在这时，一声“阿弥陀佛”传来，有人叫道：“无垢大师来了！”

只见无垢大师身披袈裟，三绺银须掩胸，双手合十，在两个僧人的陪同下，来到了猴王台前。

大家一见无垢大师，便让出一条道来，无垢大师慢慢走到前面，来到猴王台前，一个山林管理员上前几步，道：“大师，你和猴王有缘，能不能救下那个游人？”

无垢大师道：“待贫僧上去看一看，那猴儿不知为什么要伤害游人！”便不顾王局长的劝阻，朝猴王台走去。那群猴子一见无垢大师，竟然闪开一条道来。

那猴王一见无垢大师，竟后退一步，朝着无垢大师微微鞠了一躬。无垢大师朝着猴王和白德仁望了一会儿，忽然莫名其妙地道：“冤孽，冤孽……因果报应总有期……”

一个山林管理员叫道：“大师，请救人啊！”

无垢大师道：“善哉，冤孽待定等天明，就看这一对冤家能不能解开那个冤结……”无垢大师说着，径直走到白德仁面前，道：“阿弥陀佛，这位施主，你可还认得老衲？”

白德仁抬起头来，见了无垢大师，不由微微一震，道：“大师，你当年对我说的话，应验了……”

无垢大师双手合十，一声“阿弥陀佛”，吟道：

昨夜依稀佛殿进，佛前嘘唏，陌路似曾经。卅年已过冤未尽，往事尽在《弥陀经》。

浊世迢迢任你行，芸芸生灵，人兽皆同性。因果报应无须等，只缘未曾到天明。

六、有前因必有后果

大家都难以想象，在这关键时刻，无垢大师怎么有闲情逸致对着一人一猴吟起了一首《蝶恋花》？其实，大家都不知道，这次猴王“绑架”白天飞父子的祸殃根源正出在白德仁身上，那还是在二十世纪七十年代初，白德仁就在河干县城开了一家乡味餐馆，因这一带交通发达，四周风景秀丽，人来人往，很是热闹，他便专门经营一些野鸡野鸭野鹌鹑之类的野味，后来，又在一些食客的撺掇下，还偷偷卖起了“活猴脑”。卖活猴脑就要活猴，于是他就偷偷收购活猴，有客人要吃“活猴脑”，就把猴子的脖子夹在一只中间开了洞的专用桌子中，剃去猴子脑门上的毛，用小铁锤敲破脑门，在猴子吱吱的惨叫声中，客人残忍地用小调匙舀出正微微冒着热气的猴脑，加上佐料，吃下肚去。有时，收购不到活猴，白德仁也会亲自去猴王山捕捉猴子，用夹子夹、用竹笼装，最绝的一招是用一只木箱，木箱上面钻一个小孔，刚好能伸进小猴子的前爪，里面置上几颗板栗，小猴子一见箱子里的板栗，伸进手就抓，谁知手掌捏住板栗成了拳头，就伸不出小洞了，于是白德仁上去用网兜一兜，因小猴子舍不得放开已经到手的板栗，几乎是十拿十稳。

有一次，白德仁用木箱捉住了四只小猴子，带回家关在竹笼里，由客人挑选“点菜”，谁知点掉了三只，点最后一只时，那只头顶有一撮白毛的小公猴竟然像人一样跪在了笼子里，朝着白德仁不住地磕头。但白德仁为了赚钱，丝毫没有一点怜悯之心，就在他抓住小公猴，往桌子的夹板中塞时，那小公猴仿佛知道哀求没有用，便决定拼死一搏，突然瞪着一双血红的眼睛，发出一声凄厉的长啸，猛地伸出爪子挖向白德仁的眼睛，白德仁想不到小公猴会突然出手反击，一歪脑袋，小公猴抓破了他的额头。白德仁吓得手一松，心里暗道侥幸，那小公猴便趁机跳上窗台，一纵身跃出窗口，逃跑了。

因白德仁经常上猴王山捕捉小猴，有时也到侯王寺歇脚，无垢大师得知白德仁专门捕捉猴子，就多次劝他，并告诉他，人兽同性，捕杀生灵，有因果报应。当时白德仁不以为然。

有一次，白德仁上猴王山捕猴时，失足跌下山崖，被无垢大师救了。无垢大师又一次劝他放弃捕捉小猴，送他下山时，念了两句诗："因果报应无须等，只缘未曾到天明。"白德仁才听从无垢大师的话，从此乡味餐馆不再出售"活猴脑"。

因侯王寺专门准备了一些食物，豢养一些老年猴子，所以猴王山的猴子和侯王寺的僧人很好。那群猴子为了抢夺那听罐头，曾和白天飞大闹，当一把抓掉白天飞的发套，看到白天飞的光头时，以为他是僧人，才对他毕恭毕敬。

白德仁没有想到的是，那只小公猴逃回猴王山后渐渐长大，后来竟然当上了猴王，这次，它嗅出了白天飞和白小飞身上有一股当年杀害了它很多同伴的仇人的气味，知道是和仇人有关系的人到了，就组织群猴绑架了白天飞和白小飞。

七、人猴恩仇了结时

这时，白德仁跪在猴王面前，脑袋咚咚地磕在地上，不一会儿，额头上已经渗出了鲜血。

无垢大师衣袂飘飘，挡在白德仁面前，面对猴王，双手合十，口中默默念着"阿弥陀佛"。

四周，静得可怕，除了白德仁额头撞击岩石的声音，只有风，在林梢的缝隙间穿过。终于，那猴王猛然跳起身来，三下两下跳下猴王台，扑到“仇人”白德仁面前，围着他转了几圈，一双愤怒的眼睛盯着白德仁，吱吱地叫了起来，白德仁拼命地磕着头，口中讷讷叫道：“我作的孽，让我来顶，这是报应啊，报应……”

望着跪在地上咚咚磕头的白德仁，那猴王的一双眼睛从愤怒渐渐变成悲伤，然后昂首哀号着。白德仁额头上的鲜血，不住地往下滴，鲜血滴在地上，一片殷红。猛然，那猴王又是“吱——”的一声长啸，那凄厉的啸声声震云霄，让四周的人毛骨悚然。长啸响过，那猴王竟然一纵身，跳上一棵大树，又长啸了一声，一眨眼，不见了踪影，四周的猴子好像得到了什么命令，竟异口同声一声长啸，那啸声惊天动地，在山岙林间久久回荡。群猴随着啸声，纷纷跃进丛林，眨眼间，几百只猴子都没了踪影，四周复归宁静。

群猴遁去，但无垢大师仍然双目微闭，双手合十，口中默默念着：“阿弥陀佛……”

人间真情

请你原谅

临近春节，河干县副县长茅瑞坤这几天的心情却特别烦躁，老想找妻子柳如风的碴。

三天前，茅瑞坤到柳如风所在的县税务局办事，局长把一封信交给他，说柳如风出差去了，这封信已经到了好几天了。茅瑞坤一看信封，是陌生人写的，拆开一看，竟把他气得七窍生烟，原来妻子二十多年前在大兴安岭建设兵团时，居然已经有了一个私生子！他堂堂一个副县长怎么能凭空被戴这个绿帽子！

虽然茅瑞坤怕传出去影响不好，想忍一下。但柳如风出差回来后，茅瑞坤只要一看见她，就会想起那封信。

星期天，茅瑞坤在家里喝了几杯酒，终于忍不住向柳如风发了火。起初柳如风莫名其妙，再三向丈夫解释："你应该相信我，结婚那天晚上，你还不清楚？"

茅瑞坤道："那天晚上，我被弟兄们灌得酩酊大醉，还是你扶我上的床，我昏头昏脑哪里还搞得清你是什么样的人……"

柳如风气歪了脸："你……你胡说八道！"

"你自己做了事，还说我胡说八道？"

"你……你拿出证据来！"

茅瑞坤本想把那封信交给柳如风，但怕把事情弄大，便气呼呼地道："私生子都二十出头了，这不是证据？"

这下说得柳如风更加糊涂了："茅瑞坤，你今天不把话说清楚，我跟你没完！”说着，便呜呜哭了起来。

这时，茅瑞坤酒也醒了，便叹了一口气，说：“好了，我们的儿子瑞瑞都已经十八岁了，再说，这些都是结婚前的事，我原谅你，不说了，不说了……”

柳如风见茅瑞坤越说越离谱，索性进了房间，回身甩出一句话：“喝醉了酒就胡说！”反手重重地关上了门。

茅瑞坤一屁股坐到写字台前，打开抽屉，一眼瞥见了那封信，一股怒火又蹿了上来。信封上虽然没有多少字，但字字如刀，刺在他心上。

信是一个名叫吕丰的人写给柳如风的：

如风：

自你离开兵团以后，风风就由我一个人抚养，如今风风已长成小伙子了，还考上了大学，我已把他的身世向他说明，他向我提出要见见你。我几次写信和你联系，都没有联系上。最近，我无意中打听到，你现在河干县税务局工作，忙写信给你，请接信后，马上和我联系。

吕丰

“吕丰，吕丰……”茅瑞坤心里好像打翻了一个醋钵，又酸又涩。茅瑞坤不由越想越气，恨不得和柳如风大吵一场，或者干脆离婚算了。但他冷静一想，还是忍住了，因为自己毕竟是有身份的人，如果和妻子一离婚，不知情的人肯定会指责他一当官就抛弃妻子。如果把柳如风在大兴安岭有儿子的事公开出来，那会更糟，自己竟然糊里糊涂被戴了二十多年绿帽子还不知道，那不成了别人茶余饭后的谈资笑料！

茅瑞坤考虑再三，最后决定不把这件事情张扬出去，但他一定要和柳如风好好谈一谈，不能让她和大兴安岭方面再有联系。他走进房间，见柳如风还在生闷气，便自嘲地说："如风，算了，算了，我真的原谅你了，不过，有一句话我还是要说，说错了你也别生气。当年我在建设兵团谈过一个女朋友，结婚前我就和你说明了。可你呢，记得当时你跟我说，你从来没有谈过男朋友，可如今……如今竟一下子冒出一个儿子来……"

"你到底哪根神经搭错了？平白无故给我冒出一个私生儿子来！"

茅瑞坤心里想：哎，你柳如风真是不见棺材不掉泪呢，我给你面子，不想戳穿你，你倒好，竟然咬紧了牙关，像铜墙铁壁一样呢！于是，一咬牙，说："一个叫吕丰……一个叫风风……他们是什么人？"

柳如风一听："吕丰……风风……你怎么知道他们的？"

茅瑞坤酸溜溜地说："这不，你承认这件事了吧！"

柳如风掏出手帕擦了擦眼泪，说："瑞坤，这个风风，是当年我和吕丰抱养的……"

"什么，你和吕丰……抱养的……我的天哪！"茅瑞坤一股怒火又冒了上来。但他怕吵起来影响不好，又强忍怒气，"既然这样，这件事以后就别再提起了！"于是往床上一躺，打起呼噜来。

柳如风几次想和茅瑞坤解释，但看到丈夫一副酸溜溜的样子，就忍住了没说。眨眼就临近春节了。这天是星期天，柳如风忙着杀鸡剖鱼，准备年货。茅瑞坤躲在房间里看电视。他们的儿子瑞瑞在客厅做作业。忽然，门铃响了，柳如风打开门，只见门外一个四十七八岁的中年妇女，手里挽个包袱，身后跟着一个小伙子，约莫二十岁出头，也提着个旅行袋，看那穿戴模样，不像是本地人。

那中年妇女见柳如风开门出来，惊喜地叫道：“如风，你是如风，你还是原来的模样，一点也没有变！”

柳如风怔了一下，也高兴地叫了起来：“吕丰姐，你是吕丰姐……”

吕丰一转身，拉过那个小伙子：“如风，你看看，他就是我们的风风，都长成小伙子啦！”

“你是风风？”柳如风端详着风风，赶紧把他们让进屋，又是递水果又是倒茶。

吕丰快嘴快舌地问道：“我上个月刚打听到你的工作单位，给你写了一封信，你收到没有？”

柳如风道：“上个月我出差去了，信？我没看到啊。”这时，她猛然省悟，原来茅瑞坤跟她发脾气是这个原因，“噢，怪不得，我丈夫误会了风风，他这几天心情不好，我还没跟他解释呢！”

正在这时，茅瑞坤虎着脸走出房间，柳如风连忙介绍说：“吕丰姐，他就是我爱人，茅瑞坤。瑞坤，她是我支边时的小姐妹，吕丰……他就是……风风……”

茅瑞坤忍在心中的一股怒火终于喷发出来了：“好啊，你看人家都找上门来了，还有什么话说！”

吕丰也是聪明人，刚才听柳如风说她丈夫误会了风风，现在又见茅瑞坤这副架势，忙站起身笑着说：“妹夫，大妹夫，你误会了，我虽然带了风风来找如风，但风风确实是我们领养的孩子……”

这时瑞瑞也闻声出来，茅瑞坤冷冷一笑，指了指风风和瑞瑞：“领养的？你们看看，两个人的长相、身材都一模一样……那不是亲弟兄相聚……”

吕丰见茅瑞坤越说越不像话，也火了：“大妹夫，你以为我和风风是来攀你这门高亲的吗？我们来找如风，是因为当年同甘共苦的那份情！请你冷静一下，听我把风风的来历说给你听！”

那年春节，建设兵团许多知青都返城了，建设兵团某连部就剩下柳如风一个人。柳如风家庭出身成分不好，父母都去世了，又没有别的亲人，只有一个人孤零零地留在连部。这时，地方上的小姐妹吕丰怕柳如风一个人太孤独，就拿了一块咸肉和一包土豆，来陪柳如风过年。两人吃过简单的年夜饭，就熄了灯，窝在被窝里闲聊。到半夜时分，门外忽然传来一阵婴儿的哭声，两人连忙起床点灯，开门一看，只见外面白雪茫茫，屋檐下放着一只藤筐，上面盖着一条破棉絮，那婴儿的哭声，就是从破棉絮下面传出来的。两人忙把藤筐搬进屋，抱起婴儿，还从婴儿的胸前发现了一个小纸包，打开小纸包，里面是一朵洁白的梅花，纸上写着婴儿的出生日子和时辰。

抱着这个来到世上才几天的婴儿，柳如风和吕丰连忙找出几个土豆，熬成汤糊糊，喂给婴儿吃。后来，两人又给婴儿取名风风，把他抚养起来。

不久，柳如风要回城了，因一个姑娘带着孩子回城一是不方便，二是容易给人带来误会，三是有个孩子找工作人家单位不收。柳如风只好把风风留给了吕丰。但吕丰自己也是个未婚姑娘呢，就对外说是知青留下的孩子。一晃二十多年过去了，吕丰把风风抚养成人，风风高中毕业后，考进了杭州一所大学，吕丰也借机到杭州打听柳如风的下落，经过多方打听，终于从一个老知青那儿打听到了柳如风在河干县税务局工作，就写了一封信给柳如风，没想到这几天柳如风出差，这封信就被茅瑞坤拿到了，因此引起了茅瑞坤的误会，柳如风也不知道那封信的事。吕丰收不到柳如风的回信，趁着学校放寒假，就带上风风找到了河干县。

吕丰拿出那个小纸包，缓缓打开："这就是当年风风父母留在风风身上的纸包，我一直保留着，我们不知道风风的父母为什么要抛弃风风，但我们想，其中一定是另有隐情。"

茅瑞坤一见纸包里的梅花，脸色一下变了，他接过那张纸和那朵枯萎的白色梅花，仔细看了一下那几个已经褪色的蓝色钢笔字：一九八〇年二月十八日二十时三十分。

又看了一会儿那朵梅花，不由紧紧地贴在了胸前："白梅……"

二十多年前，茅瑞坤和同学白梅一起支边到大兴安岭参加了建设兵团，在兵团的几年时间里，两人相爱了。在一个阳春三月，两人偷尝了禁果，谁知就这么一次，白梅竟有了身孕。因为知青一旦结婚，就失去了回城的资格，于是白梅躲躲闪闪。过了十个月，他们也不敢去医院，只好在一户农家偷偷生了一个男孩，不料白梅产后出现了意外，去世了。茅瑞坤悲痛之余，思忖再三，为了自己的前途，决定把婴儿抛弃。便在一张纸上写明婴儿的出生日子和时辰，又摘了一朵洁白的梅花包在纸里，放在婴儿身上，借了一辆自行车，连夜来到邻团某连部门口，把婴儿放在屋檐下，又连夜返回了。几天后，他打听到那个连的知青在除夕前全部返城过年去了，连部只是个"空城"，便以为儿子已经死了。想不到，二十多年后，自己的亲生儿子又回到了自己的身边。茅瑞坤一把搂过儿子："风风，爸爸对不起你！"说罢，眼泪倏地淌了下来。

柳如风和吕丰想不到事情竟然是这么个结局，最后还是吕丰打破了尴尬："大妹夫，二十多年了，风风终于找到了自己的亲生父亲，我想如风也应该感到高兴的。今天，是我们大团圆的日子呢！”

茅瑞坤紧紧搂住风风，眼睛望着柳如风，嘴角轻轻翕动了一下，没人听懂他说了什么，但柳如风听懂了，茅瑞坤说的是：“请你原谅……”

䴙䴘姻缘

“䴙䴘”，这两个字读“pi ti”，是一种水鸟，看过电影《金色池塘》的人，一定对䴙䴘有很深的印象。

刘国靖读大三时，同系的大一来了一位漂亮的女学生，名叫郭静，是江南嘉兴人。

漂亮的女生总惹人注意，没多久，刘国靖已经把郭静的性格、脾气、爱好，甚至身高、体重都摸得一清二楚。元旦文艺晚会上，刘国靖和郭静代表本系上台对唱了一首黄梅戏《夫妻双双把家还》后，两人就更加投缘了。

郭静出身于嘉兴一个高干家庭，而刘国靖却是个山区的农家孩子。虽然郭静丝毫没有一点官宦小姐的脾气，但在刘国靖的心里，却总好像有一道无形的“篱笆墙”。

一眨眼，刘国靖就要毕业了，那层薄薄的“纸”，他始终没有勇气捅破。

一天，刘国靖向郭静讲了自己家乡的一个婚姻风俗，男方向女方求婚，要送一头大肥猪，但如果家境太穷的话，干脆什么也别送，反而向女方讨一只家禽。女方若同意男方的求婚，就送一只麻栗鸭，如果送的是一只老母鸡，这件求婚的事就算拉倒了。看郭静听得很认真，刘国靖鼓起勇气，说："郭静，你能不能送我一只纸折的小动物？"

郭静的手很巧，会用纸折叠一些活灵活现的小动物。这会儿刘国靖向她讨小动物，她当然也明白是什么意思，便说："好，我一定送你一只漂亮的小动物！"

再过三天，刘国靖就要离开学校了，这天一早，郭静给了刘国靖一个信封，红着脸说："刘国靖，这是我送你的纸叠的小动物，不过，你得等我离开后再拆！"说完，红着脸跑了。

刘国靖捂住怦怦乱跳的心，迫不及待地拆开信封，可里面并不是他盼望的麻栗鸭，而是一只用彩纸折叠得非常精美的小鹧鸪。刘国靖的心顿时冷了，小鹧鸪，非鸡非鸭，看来是郭静给自己留了面子，用这种方式婉转地拒绝他。

以后的三天，刘国靖便躲着郭静。三天后，刘国靖悄悄地离开了学校。不久，他被分配到县城的统计局工作，他常常想念郭静，几次想给她写信，可一想人家既然拒绝了自己，自己怎么能再存非分之想呢？但他始终保存着郭静亲手折叠的那只小鹧鸪。这只彩纸折叠的小鹧鸪，不但是一件精美的艺术品，还是他初恋的一件信物呢。

一年后，郭静大学毕业后留在省城工作，转眼几年过去，刘国靖打听到，郭静一直没有谈恋爱结婚，其间，刘国靖几次想给郭静写信，但总是提不起笔来，因为已经被拒绝了一次，他怕被拒绝第二次。后来，他得知郭静在父母的催促下已经和一位同事结了婚。从此，刘国靖彻底死了心，他把那只纸叠的小鹧鸪压在办公桌的玻璃板下面，每天上班时看一眼。其间，也曾有热心人为他的婚事牵过线，但女方看他约会时总是心不在焉的样子，就都没有和他见第二面的打算了。

这年秋天，统计局分配来一名女大学生，名叫郭婧。刘国靖一见那姑娘，不由眼睛一亮，她和郭静长得太像了，而且名字也谐音，而且，郭婧也出身于高干家庭。

郭婧的办公室就在刘国靖的隔壁，她活泼好动，成天飞来飞去，像只小燕子。她还时常到刘国靖的办公室来坐坐，嘴上甜甜地叫他"靖哥"。有人和刘国靖打趣说："刘国靖，郭婧怕是看上你了！你得主动一点呢！"

刘国靖笑着说："她能看上我？等下辈子吧！"话虽这样说，其实刘国靖心里还是挺喜欢郭婧的，特别是念到她的名字，他就会想起当初暗恋的郭静。只不过受了一次伤害后，他再也不敢向心仪的姑娘表白了。

几个月后的一天，郭婧到刘国靖办公室送一份报表，顺便和他说了一会儿话。忽然，她一眼瞥见了玻璃板下的那只纸叠的小鹛鹛，便露出羡慕的神色，说："刘国靖，这只小鹛鹛好漂亮啊！"

刘国靖不由红了脸，说："是很漂亮！"

郭婧说："能不能送给我？"

刘国靖的脸更红了，一句话竟然脱口而出："本来就是要送给你的嘛！"

郭婧乐了："真的？那谢谢了！"说着便掀起玻璃板，拿出了那只小鹛鹛。

刘国靖也没想到自己竟然会说出这么一句大胆的话来，只好眼睁睁看着郭婧捧着那只小鹛鹛，哼着歌离开了。

谁知第二天，活泼的郭婧好像有了心事，见了刘国靖，脸上红扑扑的，好像挺难为情的样子。

刘国靖心里纳闷：难道是为了那只小鹣鹏？你要都要去了，还有什么难为情的呢？

第三天下午，刘国靖忽然发现自己的办公桌抽屉里有一张折叠得方方正正的纸条，他打开一看，不由一阵热血沸腾。纸条里包着一张电影票，纸条上还有一行电脑打印的字：

jing

今晚八点，别耽误！

jing

刘国靖的心不由又是一阵怦怦乱跳，他想不到一只纸叠的小鹣鹏，竟会换来一位心仪已久的姑娘的约会。

当晚，刘国靖打扮一番，准时到了电影院。他找到自己的座位，刚坐下，郭婧也到了。她挨着刘国靖刚坐下，就把小嘴附在他耳边低声说："我还以为你是个木砣呢，想不到，你还挺含蓄的！"

一年后，刘国靖和郭婧结婚了。但他心里有一个疙瘩一直没有解开，到底是什么原因使郭婧主动追他的？

这年年底，刘国靖被单位同事推荐，评上了县先进工作者，同事们都要他请客。郭婧也说："都是同事们推荐的你，是应该请客！"

于是，星期天一早，刘国靖和郭婧上菜场买了菜和酒，在家里煮啊烧啊，晚上，同事们都来了。大家嘻嘻哈哈地喝着啤酒，喝着喝着，同事小乐借着酒兴，一定要郭婧介绍恋爱经过，说："郭婧，你说说，你怎么会看上刘国靖的？"

郭婧红着脸不肯说，小乐又逮住刘国靖："你说，是你追的郭婧，还是郭婧追的你？"

刘国靖咕地灌下一口酒，颇为自豪地说："当然是郭婧追我的！"

小乐夸张地哇一声大叫："大美人主动追你？里面一定有原因！"便又缠住郭婧，"你说，你怎么会追刘国靖的？"

郭婧脸色绯红，嗔道："他瞎说，明明是他追的我！"

也许是酒精发挥了作用，刘国靖叫道："哈哈，你要不把字条儿和电影票塞到我办公桌的抽屉里，我会和你坐到一块儿去？"

郭婧一听这话，一跺脚，起身进了房间。大家以为她生气了，刚想说几句劝解的话，却见她又从房间里出来了，手里拿着那只彩纸折叠的小鹏鹏，三下两下拆开，扔到刘国靖面前，说："你自己看看，要不是我想知道这小鹏鹏是用什么方式折叠的，还不知道是你写给我的情书哩！"

小乐抢过那张纸，一看，不由哈哈笑了起来，叫道："好你个刘国靖，真是处心积虑啊！"

莫名其妙的刘国靖接过纸条一看，不由发了呆，纸上是一行用电脑打印的字：

jing

送你一只小鸭子，如果你也喜欢我，请在三天内请我看电影。

jing

郭婧见刘国靖发呆的样子，笑道："没有你这只小鹏鹏，我会请你看电影？"

刘国靖握着纸的手不由微微颤抖了一下，他猛然省悟：郭静的家乡，杭嘉湖一带，小鹏鹏的别名就叫“潜水鸭子”……

好半晌，他才莫名其妙地说了一句：“郭静，难道姻缘真是命中注定的吗？”

当然，大家都以为刘国靖这句话是对郭婧说的。

家有贤妻

梧桐县河畔乡有个皮毛加工场老板，名叫牛得田，牛得田在家里排行第三，因他脾气火暴，动不动就发脾气，有时和人发生口角，一言不合，还会挥拳头动粗，所以村里人都叫他“犟头阿三”。

犟头阿三原来靠着几分责任田，一年四季辛辛苦苦，日子过得并不如意，后来，犟头阿三娶了亲，妻子名叫贤姑，但不知什么原因，平时脾气火暴、五大三粗的犟头阿三，自从把贤姑娶进门，在娇柔的贤姑面前，却服服帖帖。贤姑还从娘家借来资金，夫妻俩办起了一家皮毛加工场，夫妻两人同心合力，没几年时间，犟头阿三的皮毛加工场办得红红火火，犟头阿三牛得田也成了远近闻名的皮毛老板。

有人说，“男人有钱就变坏”，但牛老板却是个例外，他不仅打理好自己的皮毛加工场，而且从来不到那些舞厅、美容院去消费。谁知牛老板不去那些地方，却偏偏有人找上门来了。

这天，牛老板的加工场来了一位女老板，这位女老板也是做皮毛生意的，名叫雪芸芸，和贤姑差不多年纪，但因保养得体，看起来比贤姑年轻得多。这雪芸芸原来和丈夫一起做皮毛生意，生意做大后，就嫌丈夫“土”，觉得和自己不般配了，便给了丈夫一笔钱，把他给一脚蹬了。

这次雪芸芸和牛老板做生意，她一见身材魁梧、长相英俊的牛老板，就被迷上了，便借做生意名头，经常到牛老板家里来坐坐，有一搭无一搭地说些闲话。

时间一长，外号“犟头阿三”的牛老板都觉出了雪芸芸的意思，聪明伶俐的贤姑当然也觉出了，但贤姑相信丈夫，便装作什么也看不出来。

雪芸芸见有机可乘，到牛老板家来得更勤了。这天，雪芸芸趁贤姑去县城送货不在家，便趁机向牛老板进攻了。

雪芸芸道：“牛老板，你一个大老板，怎么娶了一个粗俗的女人做老婆啊？”

牛老板知道雪芸芸的意思，便装作不懂地回答道：“贤姑很好啊！”

雪芸芸见牛老板听不懂自己的意思，便挑明了话：“牛老板，一个人有了钱，身份、地位提高了，就会重新选择朋友，像牛老板这样的有钱人，贤姑那样的粗俗女人，恐怕和你不般配了吧！”

牛老板一听这个雪芸芸竟敢挑拨他们夫妻的关系，依他的火暴脾气，早已一拍桌子，叫这个女人“滚蛋”了，但一想起贤姑平常的关照，说遇到什么事都不要发火，便心平气和地说：“俗话说得好，贫贱之交不可忘，糟糠之妻不下堂，我如果把贤姑休了，良心上也过不去！”

雪芸芸一听，觉得似乎有门，便一边娇滴滴往牛老板身上靠，一边道：“只要牛老板有心休了她，大不了贴给她一笔钱，就像我踢掉我家里原来的那个一样！”

牛老板一见雪芸芸来真格的了，忙把她一把推开，道：“说真话，我牛得田能有今天，多亏了贤姑。”见雪芸芸好像不明白，牛老板道，“我先来问你，如果说有人欠了你的货款，你会怎么办？”

雪芸芸道：“当然跟他要啊。”

“如果对方没钱怎么办？”

雪芸芸叫道：“如果没钱，就跟他打官司，让他倾家荡产，做生意的，怎能让别人欠钱？”

牛老板听了，道：“我讲一件事给你听，如果说是你遇着了这件事，不知你会怎么处理。”

原来，当年牛得田和贤姑结婚的第三天，这天一早，牛得田进县城去办事，贤姑便整理猪圈，没想到让那头一百多斤重的肥猪给逃了出来，一头钻进了隔壁刘老伯的青菜地里，啃起了鲜嫩的青菜。

刘老伯也是个火暴脾气，一见有肥猪糟蹋菜地，顺手拿起一把铁耙，照着猪脑袋就是一铁耙，那肥猪哼了一声，就倒下了。

贤姑见猪啃了刘老伯的青菜，忙朝刘老伯道歉，谁知一摸猪鼻子，那肥猪已经断了气。

那刘老伯见打死了犟头阿三家的肥猪，他知道犟头阿三的脾气，他是绝对不会放过自己的，要赔钱，自己又没钱，于是吓得没了主意。

贤姑忙安慰他道：“刘老伯别急，这是我家肥猪自己钻进你家菜地的，不用你赔！”

刘老伯道：“这头肥猪再养几天就能出栏换钱了，今天被我打死了，阿三回来，不请我吃拳头才怪呢！”

贤姑道："让我想个主意，瞒过阿三。"她想了一会儿，说，"刘老伯，你帮我把死猪抬进猪圈。"

刘老伯也不知道贤姑什么意思，便和贤姑一起，把死猪抬进猪圈。贤姑说："刘老伯，你回家吧，现在什么事也没有了，阿三回来，我会跟他解释的。"

刘老伯走后，贤姑拿了一把铁耙，三下两下把猪圈的矮墙挖倒，一堆碎砖正好压在死猪身上。

午后，牛得田回来，贤姑告诉他："猪圈的矮墙坍了，正好把那头肥猪压死了。"

牛得田见猪圈坍了，只得埋怨自己："唉，当初猪圈砌得不牢，还好，压死的是一头猪。"

贤姑道："猪死了换不了钱，但猪肉还在呢，我们用盐一腌，留着慢慢吃！"于是夫妻两人一起动手，把肥猪剥了皮，用盐腌起来，这件事也算了了。

谁知，第二天一早，刘老伯家里传出了哭声。原来，刘老伯每天一早要到镇上茶馆喝早茶的，无论风雨落雪，雷打不动，这天天快亮了，他却躺在床上一动不动，他儿子上前一推，才发现刘老伯没了呼吸，连忙把他送到镇上医院，医生说早已死了，也看不出是什么毛病。

作为邻居，牛得田和贤姑便帮助刘家操办了丧事，三天后，刘老伯出完殡，这天夜里，贤姑和牛得田闲谈，贤姑问道："阿三，如果我们家那头肥猪是被别人打死的，你怎么办？"

牛得田一听，跳起身，气呼呼地问道："是谁打死的？我非请他吃两拳头不可！"

贤姑笑道："你还真来了，我告诉你，就是隔壁的刘老伯失手打死的！"便把那天肥猪钻进刘老伯家菜地的详细经过说了一遍。

牛得田一听，顿时傻了眼，脑门上沁出了汗珠。

贤姑用手指一点牛得田的脑门：“你啊，这犟头脾气可得好好改一改了，那天如果我告诉了你实情，你犟脾气一发，过去就是两拳头，正好半夜里刘老伯又死了，无论是谁都会认定：是你两拳头打出了人命！你想想，这还说得清楚吗？真要这样，现在你还能在这里和我守着？早被关进监狱里吃官司了！”

牛得田这才如梦初醒：“好险啊！”他一把搂过贤姑，“真是家有贤妻，夫不遭横祸！我今后一切都听你的，一定改掉这犟脾气！”

于是，贤姑出主意，筹资金开办了皮毛加工场，两夫妻经过努力，发家致富了。

雪芸芸听了牛老板的叙述，呆了半晌，道：“这有什么？一头猪能值几个钱？这事要摊在我身上，我也会帮刘老伯瞒过去的。”

牛老板正色道：“你做生意，人家欠了钱还不出，你竟要让对方倾家荡产，而对一个种地的来说，一头猪，可不是个小数字啊！所以我说，你是不及贤姑的！而我牛得田如果没有贤姑这么一位贤妻，能有我今天吗？”

雪芸芸听了，再没有话说，只得悻悻地走了。

最后一份嫁妆

武文文要出嫁了。武妈妈和武爸爸为女儿准备嫁妆的这几天里，武爸爸便开始了唠叨。

都说女人爱唠叨，其实，这男人唠叨起来，比女人更唠叨。武爸爸什么都好，就只有一个缺点——爱唠叨。有事没事总是喜欢唠叨。但武妈妈脾气特别好，所以两人结婚二十五年来，夫妻俩从来没有吵过架。

到了武文文出嫁那一天，武妈妈见武爸爸唠叨，便以要和女儿说几句知心话为由，让他到大厅招待来贺喜的客人。

武妈妈一边整理一件件嫁妆，一边等新郎来接新娘子。

当门前响起一串爆竹声，几个看热闹的小伢儿高声喊了起来："新郎官来娶新娘子了！新郎官来娶新娘子了！"

几辆扎着大红绸缎花的娶亲小轿车停在门前。在喜庆的乐曲声中，家人和朋友把一件件陪嫁的物品装上迎亲的卡车。

这一带过去有个婚嫁风俗，新郎官来娶新娘子上花轿的时候，新娘子要赖轿。就是新娘子在上轿前一定要装作不愿意离开家、不愿意离开父母，"赖"在屋里不肯上轿，要等新郎官一次又一次地催促，新娘子才会装作"不情不愿"地起身上轿。现在，虽然娶亲都是用小轿车了，但这个风俗没有变，身披洁白婚纱的武文文坐在房间里，和妈妈说着什么。

新郎官李大刚在大门外，一遍一遍地催促："文文，我们来接你啦！”

在新郎官的一声声催促声中，武文文才缓缓起身，准备走出闺房，这时，武妈妈从口袋里掏出一件很小的东西，塞到了女儿的手里。

武文文一看，原来是一副黑色的耳塞，便不解地望着母亲。

武妈妈充满深情地对女儿说道：“文文，今天你出嫁了，有自己的小家庭了，妈妈知道你脾气好，不会和丈夫争吵，但生活在一起，天长日久，饭瓢和锅沿也会碰撞。今后啊，不管什么时候什么地方，不管是由什么事情引起的，你只要意识到你们小两口就要发生争吵的时候，你马上用这副耳塞把自己的耳朵塞住。这是妈妈给你的最后一件陪嫁品！”

武文文接过耳塞，忽然想起，妈妈在家里经常戴耳塞，特别是爸爸没完没了地唠叨的时候，妈妈总是把一副耳塞塞进耳朵里，原先她还以为妈妈喜欢听音乐，原来用耳塞塞住耳朵是为了听不到爸爸的唠叨。

武文文拿着妈妈给她的这副耳塞，离开了父母，嫁到夫家，开始了自己的生活。

李大刚是梧桐镇上一家养老院的院长，每天都和老人打交道。近几年来，梧桐镇上的养老服务业发展很快，一家一家的敬老院和养老院相继成立，一批一批的老人都住进了养老院，享受着政府的优质服务。

李大刚全身心扑在养老院，工作很忙，有时候回家也很晚。武文文看丈夫工作很辛苦，几次向李大刚提出，要到养老院去工作，可以帮他分担一些工作。但李大刚总是说：“养老院的工作太辛苦，你吃不消的，过一段时间再说吧。”

有一天，李大刚又是到很晚才下班，回到家，武文文端上微波炉里重热的饭菜，也许是武文文炒菜放多了盐，也许是李大刚在单位里碰到了不顺心的事，心里正烦恼呢，他吃了一口菜后，就说："现在的盐虽然便宜，但你也不能这么放啊？"

武文文原来就等李大刚等得有些不耐烦，这会儿见李大刚说她放多了盐，便没好气地回道："你嫌咸，以后自己烧！"话一出口，武文文又有些后悔，怕吵起来，为这一点点鸡毛蒜皮的事争吵还真不值呢！果然，李大刚一边吃饭一边唠叨起来："这烧菜放盐啊，一定要适量，放得太咸，容易得高血压……"

听着李大刚的唠叨，武文文才想起母亲给她的耳塞，她连忙掏出耳塞，塞在耳朵里。

李大刚特别喜欢吃鸡蛋，所以每天武文文都要炒一份鸡蛋。这一天，武文文做了韭菜炒鸡蛋，炒好鸡蛋端上桌，李大刚就皱起了眉头，说："你应该用洋葱炒鸡蛋……这韭菜炒鸡蛋，干巴巴的……叫我怎么吃？"见李大刚又要唠叨，武文文应了一声，便拿耳塞塞住了耳朵，装作听音乐的样子，任凭李大刚唠叨。

第二天，武文文想既然大刚喜欢吃洋葱炒鸡蛋，便特意用洋葱炒了鸡蚕，谁知她刚刚端上洋葱炒鸡蛋，李大刚看了一眼，道："今天应该韭菜炒鸡蛋……这洋葱炒鸡蛋，我今天可没胃口……"武文文见大刚又来了，应了一声，又拿出耳塞塞住耳朵。

第三天，武文文特地炒了两份鸡蛋：一份韭菜炒鸡蛋、一份洋葱炒鸡蛋。她把两份鸡蛋端上桌，心里想：今天啊，我看你还有什么好唠叨的！

果然，李大刚一见两份鸡蛋，一双眼睛骨碌碌一转，盯着两份鸡蛋好一会儿，便伸出筷子指着那份韭菜炒鸡蛋，说："这一份鸡蛋应该炒洋葱！"又指着那份洋葱炒鸡蛋说："这一份鸡蛋应该炒韭菜！"

按一般的脾气、性格，丈夫这样无缘无故没道理的挑剔，妻子早就发脾气了，但武文文想起临上“花轿”的那天，妈妈跟她说的话，心里想：也许是大刚在单位里碰上什么不顺心的事了，便拿出那只耳塞，塞住耳朵，任由李大刚唠叨。

就这样，接下来一些日子，每当李大刚回家一唠叨，武文文就用耳塞把耳朵塞住，任凭李大刚没完没了地唠叨，她也不回话，自顾自地忙活。丈夫再唠叨，妻子不接嘴，一个人唠叨了一会儿，也就没什么可以唠叨了。

就这样一个月后，这天，李大刚问武文文：“文文，你是不是觉得我特别唠叨啊？”

武文文不知道李大刚是什么意思，便回答说：“你再唠叨，也没我爸爸唠叨！”

李大刚笑了：“你愿意到我们养老院工作吗？”

武文文也笑了，说：“自从结婚那天开始，我就一直向你提出来，要到你们养老院去工作，但你这个当院长的一直不答应啊！”

李大刚一本正经地说：“我一直没答应，是在考验你呢！”

武文文不解地问：“考验？什么意思？那，是不是通过了？”

李大刚道：“通过了，通过了，养老院的工作，成天和老人相处，卫生、护理、生活上各种各样的小事都要顾及，苦、累、脏不说，还要脾气特别好，更要经得住别人的唠叨！”

原来，养老院里都是老人，而且因为年纪大了，都喜欢唠叨，俗话说，树老根多，人老话多。还有一些老人因为身体有这样那样的疾病，所以时不时地要发脾气。有时候还会提出一些常人难以接受的也很难办得到的要求，如果服务人员没有耐心、脾气不好，就会发生争吵。

武文文恍然大悟：“原来你这么挑剔，是在考验我啊！”

李大刚不无歉意地笑道：“文文，对不起，这一段时间，难为你了！”

武文文也笑了。母亲送给自己一副耳塞，原意是一旦李大刚唠叨，就让她用耳塞塞住耳朵，不要让一些鸡毛蒜皮的家庭琐事影响了夫妻之间的感情，想不到，正是这一副小小的耳塞，让武文文经受住了一场特殊的考验。

其实，我们都知道，要保持家庭和睦，靠一副耳塞是远远不够的。

也要养条宠物狗

教美术的赵老师退休后，每天画画，但从来不画狗，因为老伴钱老师怕狗。早在四十多年前，赵老师和钱老师谈恋爱的时候，钱老师就和赵老师约定，赵老师画什么动物都可以，就是不能画狗。所以，四十多年来，赵老师从来不画狗，家里也从来不提狗、不说狗，更别说养狗了。

虽然赵老师一家从来不提狗，但那狗还是找上来了。这天，赵老师和钱老师去菜场买菜，买了几斤猪骨头，准备回家熬汤。两人从菜场出来，刚到一条弄堂口，忽然，一条斑点狗从弄堂里蹿出来，吠叫一声，扑向钱老师。

钱老师见一条斑点狗朝自己扑来，吓得大叫一声，丢了手里的猪骨头，滚倒在地。那条斑点狗一口叼起猪骨头，飞一般跑了。

钱老师自小就怕狗，当年，钱老师还在读小学一年级，一天放学时一个人回家，路上突然蹿出一条狗，一口咬在她小腿上，钱老师又痛又怕，坐在地上号啕大哭。虽然，钱老师被送到医院打了针、吃了药，但因为受了惊吓，还是发了几天高烧。从此，钱老师一见狗就怕得打战，凡与狗沾边的字啊、画啊一律不往家里带。就是走在路上，看到前面有条狗，她也会远远地避开。这会儿钱老师被一条斑点狗给吓着了，赵老师连忙把钱老师送到医院，然后打电话给儿子赵诚。

赵诚和妻子琼琼开了一家公司，因公司事情多，所以很少去看望父母，这天，他正在广州谈一笔生意，忽然接到父亲的电话，说母亲被狗吓着了，正在医院里，他心里也很着急，但这笔生意正在谈，一时回不来，便让父亲给琼琼打电话。

赵老师只好给琼琼打电话。琼琼在电话里一听，先问了婆婆的病情，然后道：“爸爸，我现在正接待两个客户，等到晚上我再到医院看妈妈。”就挂了电话。

赵老师叹了一口气，放下了电话。

等到晚上，琼琼赶到医院。她一进病房，就叫道：“爸爸，妈妈没事吧？”

赵老师见儿媳妇来了，忙转身对钱老师道：“老伴，琼琼来看你了！”

钱老师一听儿媳妇来看她，高兴地从床上坐起来，猛然，她双眼发直，惊叫道：“啊！你……别过来！”

赵老师连忙扶住钱老师，他转身对儿媳妇喊道：“你……你别过来！”

琼琼不知道发生了什么事，站在那里不知所措。

钱老师一边往后缩，一边对儿媳妇喊道：“出去，你出去……”

琼琼惊疑地问道：“爸爸，妈妈，你们这是怎么啦？”

钱老师指着琼琼，惊慌地叫道：“狗……狗……”

原来，琼琼怀里抱着一条雪白的卷毛狮子宠物狗，钱老师本来就怕狗，再加上这次是被狗吓的，所以一见狗，又吓得惊叫起来。

以前，赵诚和琼琼说起过，说妈妈怕狗，所以琼琼平时难得去一趟婆婆家，从来不带狗，这会儿因事情紧急，竟忘了婆婆怕狗的事，抱着宠物狗就进了病房，见婆婆一见狗就吓得尖叫，才知道婆婆原来这么怕狗，她连忙把宠物狗交给司机小王，道：“我让小王把‘雪狮子’带走！”

钱老师只是受了惊吓，没什么大毛病，几天后就出院了。赵诚从广州回来后，知道母亲出院了，就买了些营养品，赶到父母家里。说起琼琼养的那条宠物狗，赵诚无奈地道：“她啊，一天也离不开那条狮子狗。”因公司的事太忙，赵诚见母亲没什么大碍，家里又有父亲照料，坐了一会儿，又急急地走了。

赵诚走后，赵老师忽然发现钱老师口中念念有词，他仔细一听，原来老伴口中在重复着儿子临走时说的那句话：“她啊，一天也离不开那条狮子狗。”

赵老师知道，老伴记挂着儿子、儿媳妇，便也不当回事。

这天，赵老师走进书房，看见钱老师正坐在写字台前，在一张纸上写字，他走过去一看，不由吃了一惊，想不到钱老师正在写她最害怕的那个字——狗。

赵老师感到很奇怪：“老婆子，你怎么写这个字啊？”

钱老师抬起头，笑道：“都说狗是人类最好的朋友，可我这一辈子就怕狗，这个观念应该转变一下了。”

赵老师想想也有道理，于是，钱老师每天都要写几个“狗”字。

就这样过了几天。这天，钱老师对赵老师道：“老头子，你能不能给我画一幅画？”

赵老师笑道：“你客气什么哟，你要什么？我给你画！”

钱老师道：“给我画一只狗。”

赵老师想不到妻子会让他画狗，因为钱老师平时最怕狗、最讨厌狗，平时他什么动物都画，就是不画狗，想不到钱老师被那条斑点狗吓得住了医院，刚刚出院回家，竟然先在家里写“狗”字，这会儿又让他画一幅“狗图”，便不解地问道：“老太婆，你……你没事吧？”

钱老师笑道：“我有什么事啊？”

赵老师道：“你平时最怕狗，也最讨厌狗，今天怎么想到要我画一只狗？你可别忘了，当年我们谈恋爱那会儿，不是说好了我不能画狗？”

钱老师嗔道：“这个约定就不能改一改？怎么，我让你画一幅画，你不愿意啊？”

赵老师笑道：“好啊，只要你喜欢，我就画一幅！”

于是，赵老师铺开宣纸。钱老师边帮赵老师研墨，边问道：“你可记得琼琼那天抱到医院里来的那条卷毛狮子狗？”

赵老师是画画的，当然有一定的观察能力，那天琼琼抱在手里的那条卷毛狮子狗，他虽然只看了一眼，就已记住了大概轮廓和特征，便凭着记忆，画了一幅卷毛狮子狗的画，然后挂到墙上。

钱老师望着那幅卷毛狮子狗的画作，仔细端详了一会儿，笑道：“像，正像琼琼那天抱到医院的那条狮子狗呢！”便喜滋滋地挂在了房间里。

从此，钱老师每天都要在那幅卷毛狮子狗画作前站一会儿，赵老师知道，妻子一定是受了惊吓，但怎么会从怕狗一下子转变成喜欢狗了呢？他怎么也想不明白，也不敢多问。

钱老师每天都要赵老师画一幅狗图，有卷毛狮子狗、有牧羊犬、有京巴、有腊肠……反正各种各样的狗她都要，于是，房间里、客厅里，挂满了各种各样的狗，家里俨然成了养狗场。

就这样又过去了三个月，这天，钱老师忽然对赵老师道："老头子，我想去买一条宠物狗。"

赵老师吃了一惊："老太婆，你没事吧？"

钱老师笑道："没事，没事。你以为我神经不正常是不是？"

赵老师知道，老伴怕狗，后来喜欢写"狗"字，又要他画一幅幅狗的画，但这些仅仅是纸上的，如今要养一条真正的、鲜灵活跳的狗，那可是两码事啊！他便道："写狗、画狗和养狗，那可不是一回事啊！"

钱老师也笑道："原来我是一朝被蛇咬，十年怕井绳。现在想想，不就是养条狗吗？我老太婆也要赶赶时髦呢！"

赵老师知道，老伴想定了的事，她是一定要做到的，便道："好，好，既然你喜欢狗，就买一条吧。"

钱老师道："我想，最好和琼琼那条宠物狗是同一个品种。"

于是，赵老师一个电话打给儿子，说钱老师想买一条和琼琼养的那条宠物狗同样品种的狗。赵诚告诉父亲，琼琼养的"雪狮子"是从杭州买来的，正好过几天他要到杭州去。

几天后，赵诚把一条和"雪狮子"一模一样的宠物犬买来，送到了父母家里。

钱老师见这条卷毛狮子狗和琼琼养的那条"雪狮子"一模一样，浑身洁白，只是在双眉之间有一丛黑毛，钱老师就给宠物狗取名“花狮子”。

于是，钱老师每天都要和琼琼通个电话，向她请教饲养宠物狗的一些常识。琼琼一听婆婆和她谈狗的事，也来了兴致，两人就为狗洗澡、喂食等事一谈就是好长时间。从此，婆婆和媳妇之间有了共同语言，每天在电话里有说不完的话。

再到后来，琼琼觉得电话里聊得不过瘾，便隔几天就要抱着“雪狮子”到婆婆家里来。每次琼琼把“雪狮子”抱来，钱老师就为“雪狮子”洗澡，还把“花狮子”的食物给“雪狮子”吃。“雪狮子”和“花狮子”也成了好朋友，每次“雪狮子”一来，“花狮子”就会亲热地迎上去，两条狗在地毯上翻来滚去玩耍着。

因为公司里忙，琼琼有三天没抱“雪狮子”到钱老师家里来了。这天晚上，已经十点多了，钱老师刚要上床休息，忽然电话响了，心想：这么晚了，谁还来电话啊，钱老师一听，原来是琼琼。琼琼在电话里焦急地叫道：“妈妈，不好了，出事了！”

钱老师吃了一惊，忙问道：“出了什么事？谁出事了？”

琼琼道：“是‘雪狮子’，‘雪狮子’不吃不喝，像是生病了！”

钱老师原来以为出了什么大事，一听是宠物狗生病，才舒出一口气来，道：“琼琼，是不是‘雪狮子’想‘花狮子’了？”

电话那头的琼琼道：“不会吧，两条狗也会相互思念啊？”

钱老师道：“怎么不会？你的‘雪狮子’可有三天没来见‘花狮子’了！”

琼琼急急地道：“那倒也是，妈，我马上抱‘雪狮子’过去！”

不到一个小时，琼琼就抱着“雪狮子”急急忙忙地赶到了公婆家里。说来也怪，当琼琼抱着“雪狮子”一进屋，原来无精打采的“雪狮子”一见“花狮子”，顿时有了精神，欢快地跑到“花狮子”面前，两条狗纠缠在一起，在地毯上打起了滚。钱老师拿出食物来，“雪狮子”马上津津有味地吃了起来。

看着两条狗亲热的样子，忽然一个念头在钱老师心里冒了出来，便对琼琼道：“琼琼，我看你这么忙，而‘雪狮子’和‘花狮子’又一天也不能分离，你不如把‘雪狮子’放在这里，让它和‘花狮子’做伴，你每天来看看就可以了。”

琼琼一听，高兴地道：“妈妈，这段时间我很忙，这‘雪狮子’交给别人照看我还真不放心，您能帮我照看，那真是太好了！”说着，拿出一张纸，写了一张食谱：“妈妈，这是‘雪狮子’的食谱，以后你就照这个食谱买食物给‘雪狮子’吃，还有，每天晚饭后要给‘雪狮子’洗澡，然后用木梳把毛轻轻地梳干，噢，对了，千万不能用吹风机，因为‘雪狮子’怕吹风机的嗡嗡声。”

赵诚下班回家，才知道妻子带了“雪狮子”在父母家里，便也急急赶了过来。这天，儿子、儿媳妇和父母天南海北地一直聊到很晚，琼琼抚摸了“雪狮子”一会儿，说：“雪狮子，乖，我们明天再来看你。”才恋恋不舍地走了。

儿子和儿媳妇走后，钱老师在房间里为“雪狮子”搭了一个“床”，然后为“雪狮子”洗澡。赵老师见老伴手忙脚乱地为卷毛狮子狗忙前忙后，终于忍不住了，问道：“老太婆，你真的喜欢养狗了？”

钱老师用一把木梳认真地为“雪狮子”梳理毛，道：“瞧你说的，我……我哪里是喜欢狗啊！”

赵老师不解地问：“既然不喜欢狗，为什么自己养了一条‘花狮子’还嫌不够，又要帮琼琼养‘雪狮子’？”

钱老师叹了一口气："老头子，你难道真的看不出来，我养'花狮子'，是为了吸引琼琼的'雪狮子'？"

赵老师更不解了："你不喜欢狗，为什么养了'花狮子'，还要把'雪狮子'也留在这里？"

钱老师苦笑道："真是个笨老头子，这样，儿子和儿媳就能经常来看'雪狮子'了！"

赵老师一听，不由怔住了："老太婆，你啊……"

正在这时，二老听见门边一阵抽泣，回身一看，是赵诚和琼琼。

原来，刚才琼琼离开时把手机忘在沙发上了，便和赵诚回来拿，刚到门口，听到二老在说"花狮子"和"雪狮子"的事，便在门口听了个仔细。琼琼叫了一声："妈！"扑到婆婆怀里："对不起，我……我们以后一定常来看您……"

楼上楼下

朱欣艳住在一幢二十世纪九十年代建造的老房子里，五孔板建筑，一共四层，朱欣艳住三楼，四楼住的一家夫妻两人，女主人姓木，别人都叫她"木律师"，男主人姓齐，是个画家。楼上楼下，大家就这么一幢楼住着，平时虽然不怎么说话，倒也相安无事，没想到，这些相安无事的日子随着一声晴天霹雳、一场滂沱暴雨，就生出了许多事端。

根据气象消息，这天下午有强雷电和暴风雨。果然，午后刚过，随着一声惊天动地的霹雳，狂风暴雨就跟着下了两个多小时。

下午四点多钟，朱欣艳正在上班，忽然接到一个电话，原来是他楼下二楼的主人打来的，气急败坏地告诉她，三楼的水漏到二楼了。朱欣艳一听，急急忙忙赶到家里，进门一看，不由发了呆，原来水是从四楼漏下来的，当时整幢房子是“倾盆大雨”，地板上积的水足足有三厘米深，哗啦哗啦的，可以养鱼虾了。

虽然是老房子，但朱欣艳装修得很考究。特别是那间客厅，朝南整道墙装了装饰板，丈夫朱勇曾想请人画一幅画，用镜框装好挂在墙上，但因为面积太大，现在的画家都是按尺论价的，每尺三千五千，有点名气的，每尺三万五万，照墙面的面积，画一幅画的价格绝对不是个小数，所以朱欣艳一直没舍得请人画。也亏得还没有请人画这幅画，要不然的话，这画被水一淋，毁了画，那钱也白费啦。

朱欣艳知道四楼的木律师，她父亲原来是县法院的法官，现在已经过世了，木律师并不是真正的律师，而是借父亲的人脉关系，专门帮人家写诉状。木律师的老公齐画家经常在外面画画写生，平时很少见着他。

好不容易联系上木律师，木律师匆匆赶回家，才知道是午后那一声霹雳，正好击中四楼朝东的玻璃窗。于是，狂风裹着暴雨全部进了四楼，再顺着墙壁漏到三楼，三楼积了水又漏到了二楼。木律师到二楼和三楼看了看，无可奈何地道：“雷打破了我家的窗，那是天灾，是不可抗力，和我可没关系！”说完就要上楼！二楼的主人一见木律师要走，拉住了她哪里肯放。木律师道：“二楼的水是从三楼下来的，你得找三楼才对啊！”便一扭屁股，顾自上了楼。

二楼的主人想想也有道理，就拉着朱欣艳不放，没办法，朱欣艳只得先和二楼商量怎么解决，经过一番协商，赔了二楼五百元钱。

朱欣艳的老公朱勇下班回家，一看一屋子的水，满屋狼藉，而四楼的木律师不肯认账，又得知朱欣艳反而赔了二楼五百元，不由气得火冒三丈，哪里还忍得住，便噔噔噔奔上四楼，要找木律师算账，朱欣艳拉不住朱勇，只好跟着上了楼。随着朱勇一阵敲门，木律师开出门来，面对气势汹汹的朱勇，木律师不紧不慢地说："都是一幢楼的邻居，楼上楼下的，你这么凶干什么？你看看，我自己家里不也被水浸了！再说，这是天灾，是不可抗力，你就是买了保险，保险公司也不会赔你！"

朱勇见这个女人果然不讲道理，便不悦道："这水可是从你家里流下来的，不管怎么说，你得赔偿我们损失！"

木律师一听，笑了："你说赔偿，怎么赔偿？告诉你，现在是法治社会，你可以到法院起诉，让法院判决，法院怎么判，我就怎么赔！"说着，把门一碰，关得门缝儿也不留。

气得朱勇连连跺脚，说："上法院就上法院，我怕你不成！"

朱欣艳劝朱勇道："阿勇，就算了吧，上法院要花钱，请律师也要花钱，反正这水一干，就看不出什么了。"

谁知十多天后进入黄梅天，朝南那块装饰板上竟然出现一朵一朵的"乌云"，原来是装饰板受潮后花了。这下，朱勇不干了："这么漂亮的装饰板，一受潮，成了什么样子？"

朱欣艳建议道："是不是用油漆重新刷一遍？"

朱勇摇了摇头，道："油漆一刷，那颜色不就走样了？再说，这板一发花，不是发霉了吗？她说上法院，我就上法院！"

谁知朱勇到法院一咨询，不由傻了眼，原来，上法院起诉，不但要找有关技术部门来鉴定受损情况，还要各种材料齐全，如原告身份证复印件、被告身份证复印件，出事前现场的各种照片和出事后现场的各种照片，如果报了警，还需要警察出具出警过程证明材料，如果社区已经参与过调解，还要社区出具调解经过材料，就是那份诉状，也要请专人按法院规定的格式写。

朱勇把那份诉状写了一次又一次，但法院那边还是通不过，特别是被告“木律师”的身份证复印件，就更好笑了。朱勇几次上门跟木律师要，木律师呵呵笑道：“你傻，我也傻啊？我明明知道你要上法院告我，我还给你提供自己的身份证复印件啊！”

这时，朱勇才明白，这木律师是专门帮人家写诉状的，当然懂这些程序，她是想让原告知难而退呢。但朱勇也是个犟脾气：“我就是请律师，也要打这场官司！”

正在这个时候，朱勇单位里有事，要朱勇出差到北方，朱勇临出差前，特意关照朱欣艳，等他出差回来，请个律师，非要打赢这场官司不可！

朱勇前脚刚走，木律师的老公齐画家也写生回来了。

木律师见丈夫回来了，便向他说了雷雨打破窗，雨水漏到了三楼和二楼，和楼下闹纠纷的经过，还说三楼正准备上法院打官司，她让丈夫悠着点，只要不和三楼正面冲突，让三楼告到法院她也不怕，因为法院调解也好、判决也好，这事没有一年是解决不了的，再说还不一定能判三楼赢。还说自己娘家有事，她要出去几天。

齐画家听妻子讲了漏水的事，想想也真是的，原来和睦的邻居关系就为了漏水而全给破坏了，于是他等妻子一走，就到三楼朱欣艳家里去看了。

就这么十多天过去，朱勇出差回来了，一进家门，眼前不由一亮，只见朝南那面墙上，画了一幅油画，那是一幅梅花图——一株老梅，枝杆遒劲，梅花满枝，一片烂漫……这幅画立体感强，花朵逼真，仿佛满屋子弥漫了梅花的芳香。这不是自己早就想请人画的《梅花图》吗？因价格太高，一直没有画，这会儿自己出差才十多天，老婆竟请人来画好了油画。这肯定花了不少钱呢！他便叫道：“老婆，我回来了！”但屋里没人应，才知道妻子不在家。

不一会儿，朱欣艳从菜场买菜回来了，一见丈夫，笑道：“阿勇，你可回来了！”

朱勇担心地说：“这几天楼上没有找你的麻烦？”

“哪能呢，楼上没有你想的那么坏！”

见朱勇站在画前发呆，她便笑道，“你看看，这幅画怎么样？”

朱勇道：“不简单，不简单，想不到我离家这几天，你竟请来画家画了一幅油画，花了多少钱吧？”

朱欣艳笑道：“你看看清楚，这落款是谁的名字？”

朱勇仔细看了一会儿，吃惊道：“哎哟，这不是楼上齐画家的名字吗？他的画可值钱的！你花了多少钱？”

“多少钱？一分没花，是他自己愿意为我们家画的。”

原来，那天齐画家下楼到朱家，仔细察看了发花的装饰板，他擅长在装饰板上画油画，是处理这类事的高手，便道：“这事我来解决吧！”就先把装饰板用吹风机吹干，再在装饰板上用白色油漆刷了一遍，等油漆一干透，就画了一幅《梅花图》，这样一来，等于在装饰板上涂了几层油漆，既遮盖了装饰板上的乌花，又美化了房间。这么一来，朱欣艳可高兴了。

又是几天后，木律师从娘家回来了，当她得知三楼的朱勇不准备到法院起诉了，反而觉得不好意思了，原来，她是怕朱勇漫天要价，不知道要赔偿多少钱，所以干脆赖地做，双手一推，借口是天灾，一分钱也不赔。这会儿见朱勇夫妇不再索赔了，心里想：不管怎么说，那水总是从自己家里漏下去的，多多少少总得赔偿他们一点损失吧！便到三楼敲门，见了朱欣艳，红着脸说了声对不起，双手递上一千元钱，说："虽然这水是雷打破了窗户漏下来的，但毕竟是经过我家漏下来的。"

朱欣艳得知木律师的来意，哪里肯收她的钱，笑道："我们同住一幢楼，楼上楼下的，就别斤斤计较了！我还得感谢你们齐画家哩！"

木律师木着脸，嘴里念叨着："我家老齐为你家做什么了？"

看来木律师还不知道丈夫画画这件事。朱欣艳拉着木律师进了自己家，指着壁上的画说："你看，这是谁的画？"

自己老公的画，木律师一眼就看出来了，当她听朱欣艳说了事情经过，激动得湿了眼眶，说："还是男人比我们女人想得远……"说完，伸手拉住了朱欣艳的手。朱欣艳一个转身将木律师拥入怀里，两个平时见了面都不说话的女人，此刻竟拥抱着哭了起来。身后不知何时站着两个男人——朱勇和齐画家，他俩相视一笑，两双手也紧紧地握在了一起！

盛开的龙爪菊

江浙交界处有个村子，叫彩菊村，村上的人原籍都是湘人，湘人的刺绣很有名，加上这一带的苏绣，两者结合在一起，形成了一种独特的刺绣艺术。

阿依是乡里杰出的刺绣高手，这一带的女人不但能在布匹绸缎上绣出各种花饰来，还常常在最亲密的人身上文一种花饰，以示爱昵。

这天，村主任来找阿依：“阿依阿妈，城里有一家日本人办的公司，专门生产刺绣饰品，他们要聘请一名刺绣师傅做技术顾问，您是我们村里最优秀的刺绣高手，村民们决定让您去！”

阿依推辞道：“主任啊，你看我这么大年纪了，还是让年轻人去吧！”

村主任笑了：“阿依阿妈，您老虽然年纪大了，但耳不聋、眼不花，再说，进出都有汽车，您老只要技术指导，不用您老亲自动手。”

阿依在村里孤身一人，无儿无女，她想村里平时非常照顾自己，这会儿不能拂了乡亲们的意思，便答应下来。

第二天，城里的公司专门派车来接阿依，公司总经理名叫松本美智子，美智子一见阿依，就客气地朝着她鞠了一躬，说：“尊敬的阿依阿妈，欢迎您来敝公司担任技术顾问！”

阿依就住在美智子家里，她很快就和美智子的一家——丈夫松本由田和儿子小松本熟悉了。

美智子的企业是她父亲创办的，企业办得非常成功，不但在本国办得很红火，还在世界各地开办了许多分公司。

这天，美智子高兴地对阿依道：“阿依阿妈，今天是我的生日，我和我的丈夫、孩子想请您和我们一起共进晚餐，希望您能答应！”

几个星期来，阿依和美智子一家相处得很好，她也很喜欢美智子的儿子小松本，便很高兴地答应了。

晚餐时，阿依来到美智子的餐厅，美智子和丈夫、儿子已经在等她了。

“祝您生日快乐，夫人！”

“谢谢，阿依阿妈！”美智子迎上来，把阿依扶坐在一张椅子上。

“夫人，您看，我给您带了一件礼物！”阿依打开一个漂亮的盒子。

原来，阿依送给美智子一幅亲手刺绣的《孔雀图》作为贺礼。

美智子很高兴：“谢谢，它太漂亮了！”

晚饭后，美智子带阿依参观她的藏品室，一间雅致的屋子里摆满了各种各样的刺绣图案和饰品。美智子为阿依一一介绍：“这是一幅《朝圣图》，是意大利著名的乡村刺绣家维拉的杰作，这是一幅……”

当美智子向阿依介绍一只精美的台灯罩时，阿依的心猛地一颤，她一双眼睛紧紧地盯住那只精致的台灯罩。这是一只八角形的台灯罩，用细铁丝做成的框架，蒙着经过硝制的皮质，制作非常精美，皮质上刺着一朵被两片叶子衬托着的怒放的龙爪菊。

“龙爪菊……”阿依仿佛浑身的血液凝固了，她不由自主地伸出颤抖的手，轻轻地抚摸着那朵龙爪菊，嘴里喃喃地说着：“龙爪菊……龙爪菊……”这朵龙爪菊，她是那么熟悉，那可是她亲手一针一针地刺在爱子阿尼的后背上的啊！

往事在阿依心里，就像大运河的水，泛起一层层波澜。

那一年，日军侵占了这一带，烧杀掳掠，村里的男人不是被杀死，就是跑出去参加了游击队。阿依的丈夫阿坤也参加了游击队，和战友们一起，捣毁日本人运兵的公路，袭击日本人运粮的船只，后来在一次攻打日本人炮楼的战斗中阵亡了。那一年，他们的儿子阿尼十三岁。

三年后，阿尼十六岁了，这天一早，阿尼对母亲说："阿妈，我要去参加游击队！"

看着高大英俊的阿尼，阿依点了点头："应该去，我们不能忘了你爸爸，早些把日本强盗赶出去！"

阿依为儿子准备行装，最后，她又拿出一枚闪闪发亮的银针。

阿尼一见母亲拿出银针，知道母亲的意思，便脱下上衣，背对着母亲跪下。

阿依抚摸着儿子光滑的肌肤，问道："阿尼，你喜欢什么？"

"阿妈，您给我刺朵菊花吧，耐寒的龙爪菊！"

阿依先用酒精在阿尼后背右侧擦了擦，然后用银针一下一下地刺在阿尼的肌肤上，殷红的鲜血随着针眼沁了出来，阿依用蘸着墨水的棉花敷住针眼，不一会儿，一朵被两片叶子衬托着的怒放的龙爪菊呈现在阿尼的后背上。

当天夜里，阿尼和村里几个小伙子一起参加了游击队。

几个月后，日本人到这一带扫荡，他们杀人放火，抢掠奸淫，游击队的人数少，武器也没日本人的好，只能瞅机会袭击日本人。那天，阿尼一个人到县城郊区执行任务，发现三个日本鬼子把一个姑娘逼到一堆稻草边，要强暴她，阿尼回去通知游击队已经来不及了，只好一个人行动，便瞅准时机，开枪打死了一个，另两个鬼子兵连忙举枪还击。那个姑娘趁着混乱逃脱了，但阿尼中了枪，被子弹打伤了腿，鬼子兵抓住了阿尼，进行了拷打，阿尼受尽折磨后，被关在嘉兴郊区的集中营里，不久就被杀害了。据说，他死得很惨，被活生生地剥下了皮。

阿依得到儿子被日本鬼子杀死的消息，当即晕了过去。

在这场反法西斯的战争中，阿依牺牲了两个最亲的亲人——丈夫和儿子，但战争最后胜利了。

美智子没有注意到阿依的神情变化，见阿依在抚摸台灯罩，便介绍说："噢，这是一个皮制台灯罩，是我爷爷松本太郎当年从集中营里带回来的，我爷爷是个军医，他非常喜欢刺绣、文身之类的艺术品……"

见阿依的脸色难看，美智子知道不该说下去了，连忙改口道："战争结束后，我爷爷非常悔恨自己的军旅生涯，就让他的儿子，就是我的父亲，开了一家刺绣公司，爷爷临死前，把所有的刺绣藏品都给了我，包括这个台灯罩……"

但这时的阿依，根本没有听清美智子在说什么。

从美智子屋里出来，阿依没有回自己的房间，她像喝醉了酒似的，昏头昏脑地在大街上走着，直到深夜还不回来，美智子这才着了急，她让丈夫松本由田带着两个员工出去找，最后在大运河边找到了阿依。

第二天，阿依就病倒了，她躺在床上，不吃不喝，美智子不知道发生了什么事，连忙请来医生，但医生也看不出阿依有什么病。

几天后，阿依起床了，她跟美智子说要回乡下家里一趟，美智子要让人陪她回家，但阿依拒绝了，坚持一个人回了家。阿依到乡下后，在丈夫和儿子的坟前坐了大半天，然后到村里找到兽医，说家里闹耗子，要了一小包砒霜。这包砒霜虽然只有几十克重，但足够毒死几个人。

美智子一家人都出去了，阿依进了厨房，只要趁着没人，把砒霜放进热水瓶里，丈夫的仇、儿子的仇，就都报了。

忽然，小松本回来了，他抱住阿依，亲昵地道："阿依阿奶，我妈说您只有一个人生活，没有儿子，没有孙子，我愿意做您的孙子，您要我吗？”

望着活泼可爱的小松本，阿依的手不由自主地松开了口袋里的那包砒霜，伸出手来，抚摸着小松本的头发，但嘴唇哆嗦着说不出话来。

“阿依阿奶，您说话呀，您要我做您的孙子吗？”

这时，美智子回来了，笑道：“松本，你别缠住阿奶，你要乖，阿奶才要你呢！”

“我乖，阿奶，您要我吗？”

看着可爱的小松本，阿依仿佛看到了童年时的阿尼，讷讷地道：“乖孩子……乖……”

美智子道：“噢，阿依阿妈，我刚才听乡里的官员跟我说，您的家人都在战争中没有了，今后，您就把我当作您的女儿吧！”

美智子见阿依的脸色难看，连忙道：“对不起，我不该提过去的事。几十年前，我国政府发动了侵略战争，对中国制造了巨大的灾难和罪恶，让我们把这些都忘掉吧！”

“忘掉？”猛然，阿依一双眼睛狠狠地盯住美智子，“忘掉，能忘掉吗？”

望着阿依愤怒的眼睛，美智子不由打了个寒战：“对不起，阿依阿妈。但愿……但愿今后永远不要发生那种祸端，让大家都生活在阳光灿烂的和平日子里……”

阿依的眼光渐渐地柔和了：“阳光灿烂的和平日子……”

“阿依阿妈，今后，您就和我们一起生活吧！”美智子真诚地说。

晚餐时，美智子见阿依好像满腹心事，便关心地问道：“阿妈，您有什么心事？”

“嗯，”阿依抬起头，“夫人，我想跟您要那只龙爪菊台灯罩，您可以送给我吗？”

“可以，可以……”美智子笑了，“当然可以送给您。”

第二天一早，阿依带着那只龙爪菊台灯罩不辞而别，离开了美智子家。

当美智子走进阿依的房间，只见桌子上放着一块丝绸，上面刺绣着几只羽毛洁白的和平鸽，那包砒霜压在丝绸的角上。

无罪证据

一、女主人坠楼

禾城市凤凰小区是一个高层小区，住户大都是有钱的人。A座24层住的那户人家也是非同一般。男主人成鹤远，是一家集团公司的总经理，女主人朱玉琰，是市旅游公司的办公室主任，独生女儿成瑶在省城重点中学上高三，在学校住宿，因临近高考，平时很少回家。在外人看来，这是一个幸福美满的家庭。

俗话说得好，一家不知道一家事。其实，成鹤远和朱玉琰夫妻间也时常闹矛盾。原来，成鹤远和朱玉琰也是相亲相爱，后来，因为成鹤远事业有成，这么大一个公司，忙得他团团转，所以就很少顾家，起初朱玉琰很理解丈夫，丈夫是个事业心很强的男人，靠着聪明才智，白手起家，创下了一个资产庞大的集团公司，她很为丈夫骄傲。但就在这两三年来，她似乎发现丈夫在外面有了“人”，要说证据，其实也没有，但朱玉琰凭的是女人的直觉，因为这两三年来，成鹤远回家的次数越来越少了，有时难得回家一次，晚上睡在一张床上，甚至连夫妻之间的“事”也懒得做了。朱玉琰可是眼里揉不进沙子的人，而且自己的父母都是军队的离休干部，有一定的政治地位和社会地位。

朱玉琰自从怀疑丈夫有了外遇后，夫妻两人的争吵就不断，刚开始成鹤远还试图向她解释什么，但朱玉琰听不进去，成鹤远也就不和她多说了。

星期六那天一早，一轮火红的太阳冉冉升起，各家各户都把衣服被子挂到太阳下晒。这天，成鹤远虽然公司里很忙，却没有出去，留在家里，说是要帮妻子晒被子。成鹤远家里原来有一个小保姆，是江西人，前几天老家打电话来，说家里遭了洪水，房屋坍塌了，要她带点钱回家帮忙修房子，成鹤远就给了她三千元钱，让她回家救急。

其实，今天成鹤远没有到公司去，也想趁着晴好天气帮妻子做点事，顺便和她好好谈谈。谁知朱玉琰却根本不听他说话，顾自把衣服、被子在朝南阳台上晒好，就动手做饭，唠唠叨叨地根本没给成鹤远说话的机会。

吃过中饭，朱玉琰见朝南窗上的玻璃蒙上了一层灰，就拿了一块抹布，爬到窗台上擦玻璃，爬到窗台上，朱玉琰看到下面有人在晒太阳，还有几幢楼台上有人在晒衣服、被子，于是就放大了喉咙数落成鹤远。

成鹤远仿佛也听惯了妻子的唠叨，知道也帮不上什么忙，坐在沙发上喝了一会儿茶，墙上的挂钟当地响了一下，他抬眼一看挂钟，时间正好十二点三十分，足球比赛的时间到了，便站起身，想开电视机。

朱玉琰见成鹤远又要开电视机，便又数落开了：“在家除了吃饭，就是看电视，除了吃饭、看电视，你还会做什么？心里老想着别的女人！”

成鹤远见妻子又开始烦了，便道：“又要胡说八道了！”

朱玉琰见丈夫回嘴，便拉开喉咙喊道：“我是胡说八道吗……”

正在这时，电视机旁边的电话响了。

一些在户外晒太阳和在阳台上晾衣服、被子的邻居，忽然听到半空中传来一声撕心裂肺的惨叫：“成鹤远杀人啦……”

人们不约而同地往空中望去，只见一个人随着喊声，从空中落了下来，重重地摔在了地上。人们从惊恐中醒悟过来，连忙奔过去，只见摔下来的人是朱玉琰。

有人连忙掏出手机呼120，也有人拨了110。

成鹤远发疯般从楼上冲了下来，他扑到朱玉琰身边，摇着她，哭叫道：“你这是干什么啊？这是干什么……”

不一会儿，120急救车来了，医生看了看朱玉琰，摇摇头，说：“没救了！”

110警车也来了，刑警队长沈一剑和助手张小刚勘查了现场后，上楼对成鹤远家里进行勘查。

成鹤远的房子很宽敞，仅仅朝北的客厅就有四十多平方米，客厅南面，还有一个房间，房间外面是一个阳台，从客厅的北窗穿过朝南房间到阳台的朝南窗，足足有十三米，朱玉琰就是从朝南房间的窗台上坠楼的。客厅中间墙上，挂着一只大镜框，镜框里，嵌着一幅巨大的彩色照片，那是一幅结婚照。照片上，英俊潇洒的新郎一身黑色西装，微微笑着，新娘一身洁白的婚纱，依偎在新郎身边，满脸幸福的笑容，虽然经化妆师精心化妆，但仍遮不住那平平的相貌。

朱玉琰坠楼时那撕心裂肺的惨叫，使成鹤远成了犯罪嫌疑人。

二、丈夫成了嫌疑人

对成鹤远的审讯开始了。

成鹤远显然还没有从突发事件中摆脱出来，显得惊慌失措，他总是低着头喃喃自语："这不可能，这不可能！"

犯罪嫌疑人装腔作势的样子，张小刚见得多了，这会儿，他见成鹤远装成一副无辜的傻样，便单刀直入："成鹤远，你说，为什么把妻子推下楼去？"

成鹤远缓缓抬起头来，说："我没有推她……"

张小刚道："成鹤远，你不要装傻了，楼下有那么多人听到朱玉琰坠楼时的喊声，'成鹤远杀人啦'，你还想抵赖吗？"

成鹤远道："我也不知道怎么回事，她会突然掉下楼去……我和妻子感情一直不好，她是不是为了报复我，跳楼时故意大喊，说是我推她下去的！"

"你是说朱玉琰是自杀？而且死前还要给你栽赃诬陷？"张小刚冷冷地笑了，"你的意思，你的妻子是条毒蛇，临死也要咬你一口是吧？可是你的逻辑性不通啊！你想，一个人要自杀，有两个可能：一是对生活失去信心，二是有严重的抑郁症。但据我们所知，朱玉琰生活无忧，对生活充满信心，也没有抑郁症状，所以她不可能有自杀倾向，即使有，也得有诱导因素。再说，她为什么早不自杀，晚不自杀，偏偏选择你在家里的时候自杀？"

成鹤远道："我和妻子虽然经常吵嘴，但我真的很爱她，我也没想到，她会自杀。"

张小刚道："成鹤远，你刚才说你和妻子感情一直不好，现在又说你很爱她，这不是自相矛盾吗？"

"是的，这感情上的事，真的很复杂。反正……反正我没有杀她！”说完，任凭张小刚怎么问他，成鹤远就是缄口不言。

坐在旁边一直没有说话的沈一剑拿出一个笔记本，问道：“成鹤远，你认识这个笔记本吗？”

成鹤远看了看，点了点头：“这是我妻子的笔记本。”

“你妻子在笔记本写的文字，有很多是关于你的，我念其中的一段话你听听吧。”沈一剑翻开几页，念道：“瑶瑶，如果妈妈发生了什么不幸，一定是你狠心的爸爸干的，他对妈妈早已没有一丝丝的夫妻感情了，他恨不得妈妈早一点死去，好让他的情人正大光明地住进我们的家。所以，瑶瑶，如果你一旦得知妈妈死去的消息，不要悲伤，而是及时向公安局报案，要保存好这个笔记本……成鹤远，我就是被你害死了，我也不会放过你的，我变成鬼也要找你算账！”沈一剑合上笔记本，一双眼睛盯着成鹤远：“你听了这一段文字，还要再说些什么吗？”

成鹤远沉默了一会儿，缓缓地抬起头，沉重地说：“我真的没有想到，也想不到！”

张小刚道：“没有想到，也想不到，事前朱玉琰在笔记本上写下了这些话！”

成鹤远咬了咬牙：“我没想到，也想不到，你们为了让我认罪，把所谓的证据链捏造得这么严密，还真像真的似的！”

张小刚冷笑一声，道：“捏造？我们和你素不相识，为什么要捏造证据，难道公安局要给你栽赃？”

成鹤远抬起头，道：“不管怎么说，我没有杀她的动机！”

张小刚道：“成鹤远，我们已经了解过了，你们夫妻两人在家里经常吵架，你妻子说你在外面有了情人，是不是真的？”

成鹤远道：“说我在外面有了情人，那是我妻子胡乱猜测！”

张小刚又问道：“那你妻子坠楼时的喊声，‘成鹤远杀人啦’，四邻都听到了，你和她在一间屋子里，离她最近，想来你一定也听得清清楚楚，如果不是你推她下去的，她怎么会这样喊呢？”

成鹤远叹了一口气：“是的，我听见了，她是喊了这么一句，但不管怎么说，我反正没有推她！”

张小刚见成鹤远还要狡辩，便冷笑道：“我问你，一般来说，人失足坠楼的一瞬间，下意识的第一声大喊是喊什么？”见成鹤远不说话，张小刚道，“是大喊‘救命’，但你妻子在坠楼的一瞬间，竟然喊的是‘成鹤远杀人啦’，妻子坠楼的一瞬间，为什么要诬陷丈夫？”

成鹤远道：“我真的不知道，我要向你们说明的是，我真的没有推我妻子！如果你们一定要给我定罪，请你们拿出证据来！”

张小刚道：“证据，会有的！”

三、不般配的婚姻

朱玉琰的父亲朱浩瀚和母亲舒云得知女儿的凶讯，急急赶到公安局。

朱玉琰的父亲朱浩瀚早在解放战争时期就参加了革命，从部队离休后，就一直在家休养，虽然已经八十多岁高龄，但身体都很好。他见了沈一剑，掏出身份证，又作了自我介绍。

朱浩瀚情绪激动地对沈一剑道：“警官，你们一定要抓住凶手，为我女儿申冤！”

沈一剑见老人情绪激动，连忙让他们坐下，给他们倒了两杯开水：“朱老先生，您先喝水，我们慢慢谈。”

朱浩瀚道：“外面都在传说，说是成鹤远把我女儿推下楼去的，是不是真的？”

沈一剑道："朱老先生，传说是不能当真的，更不能作为定罪的证据，因为成鹤远自己没有承认。"

朱浩瀚道："没有想到，我们的女儿竟然是这样走的，虽然，我们也知道，他们夫妻是不可能走到头的，但没想到，竟然会是这样走的！"

沈一剑道："从目前我们掌握的证据来分析，成鹤远有犯罪嫌疑。如果成鹤远真是犯罪嫌疑人，那他的杀人动机又是什么呢？我们在外面了解到，他们夫妻俩经常吵架。朱老先生能不能向我们介绍一下你女儿夫妻之间的情况？"

朱浩瀚叹了一口气，道："这件事说起来，也和我们有一定的关系。因为我们当初反对的态度不够坚决！"

沈一剑道："朱老先生能和我们谈谈吗？"

原来，朱浩瀚的女儿朱玉琰和成鹤远是大学同学。成鹤远来自北方农村，家里很穷，而且还是家里的老大，虽然靠自己的努力考上大学并顺利毕业，但家里负担很重，但因为他长得英俊，极有风度，人也非常聪明，所以还是有一些痴情的姑娘看中他。朱浩瀚夫妇原来有两个儿子，但都没有成年就夭折了，夫妇俩直到四十岁出头，才有了朱玉琰，因为就这么一个女儿，所以朱浩瀚夫妇自小就非常宠爱她。大学期间，朱玉琰就对长相英俊、聪明好学又能吃苦的成鹤远有好感，虽然家庭背景差距很大，但朱玉琰还是主动追他，还把他带到家里见了父母。成鹤远的嘴很甜，人也很勤奋。但朱浩瀚认为，除了家庭方面的原因，还有更重要的一点，就是成鹤远和朱玉琰不是很般配，因为朱玉琰的长相很一般，两个人站在一起很不般配。朱浩瀚一直认为，成鹤远看中相貌平平的朱玉琰，图的是朱家的经济条件和政治地位！

听了朱浩瀚的叙述，沈一剑道："所以，你们二老一开始就反对他们的结合？”

朱浩瀚叹了一口气，说：“是的，我们一开始坚决反对朱玉琰和成鹤远来往。我们也做女儿的工作，但我女儿的脾气太犟，后来干脆租了一间房子……唉……同居了，等我们发现时，生米已经煮成了熟饭，虽然气得要死，但碍以传统观念，最后也只有同意了他们的婚事。”

沈一剑问道：“成鹤远和朱玉琰结婚后，就开了一家公司，而且经营得风生水起，可能是你们二老的帮助吧？”

朱浩瀚摇了摇头：“我给了他们一定的经济帮助，就是借了他们一笔钱，其他的，我们什么也没插手。后来，朱玉琰也离开了自己的公司，应聘到了市旅游公司。说穿了，事业的成功，就是靠成鹤远自身的努力，因为他心里明白，我们看不起他，所以他一直非常努力。”

沈一剑问道：“那朱玉琰为什么要离开自己的公司呢？”

朱浩瀚道：“朱玉琰为什么离开丈夫的公司，她倒向我们说起过，没别的原因，她喜欢独立，我们也知道女儿的脾气，她非常自负，以为在丈夫的公司，是靠了丈夫的什么，所以离开了，应聘到旅游公司去了。”

沈一剑沉思了一会儿，问道：“这一段时间以来，你们有没有发现什么异常？比如：成鹤远在经济方面的。还有，他们夫妻之间的感情到底怎么样，成鹤远在外面到底有没有其他女人？”

朱浩瀚道：“成鹤远是私营公司的总经理，在经济上，他有支配权，我们也没去过问，至于他们夫妻之间的感情嘛……”朱浩瀚说着，回头看了看妻子，“舒云，你把知道的情况向沈警官说说吧。”

一直在旁边默默流眼泪的舒云告诉沈一剑，女儿和成鹤远结婚后，他们也不太来往，直到他们有了女儿瑶瑶，两位老人才偶尔去看看外孙女。看他们夫妻过得很好，也就放心了。但最近两三年听朱玉琰说起，成鹤远在外面有女人，但作为母亲，也只有安慰她几句，因为她也没有具体的证据，只是猜测而已。

沈一剑知道从朱浩瀚夫妇口里也问不出什么有价值的情况了，便安慰两位老人说："你们放心，我们一定抓紧时间，把案情查清楚，把杀害朱玉琰的凶手绳之以法！"

四、招供的前提条件

沈一剑对成鹤远的审讯非常不顺利，成鹤远咬紧牙关，死活不承认自己杀害了朱玉琰。虽然事发时有证人听到死者坠楼时的叫声，但要按这些证词也很难定罪。于是，沈一剑加大了对成鹤远的审讯力度。

但是三天过去，成鹤远还是死不承认。

沈一剑知道，这样耗下去不是办法，便换了口气，问道："成鹤远，不管朱玉琰是不是你推下楼去的，我有个问题，想请你回答一下。"

成鹤远道："你问吧。"

"你曾说和朱玉琰感情不好，一会儿又说非常爱她，能不能和我们解释一下？"

成鹤远道："这个问题，我……我真的说不清楚……"

沈一剑笑道："这倒奇了，夫妻之间的事，怎么会说不清楚呢？再说，虽然你妻子已经死了，但你还有女儿啊？"

说到女儿，成鹤远仿佛有了精神："我可以说，不过……我有个条件……"

张小刚道："成鹤远，你是犯罪嫌疑人，在审讯室里，一个犯罪嫌疑人能向政府讲条件吗？”

“那，我们就这样僵持着吧！”

沈一剑笑了：“成鹤远，你说吧，有什么条件？”

“今天是星期四吧？那么，后天，也就是星期六，我女儿要从学校里回家，这是她参加高考前最后一次回家。”

沈一剑道：“我知道了，你是要我们做你女儿的工作？”

“不，我的意思，你们千万不要让我女儿知道，她母亲死了！”

“那你想怎么样？”

“我……我想回家一趟，让我陪女儿度过最后一个星期天，让她高高兴兴参加高考。”

张小刚一听，道：“成鹤远，你不要异想天开，你现在是要好好交代自己所做的事！”

“如果不让我回家一趟，我就是死也不会说什么的！”

沈一剑和局领导一汇报，局领导研究后，觉得成鹤远虽是犯罪嫌疑人，但还没有最后定罪，而要他认罪，恐怕他女儿成瑶是关键，因为妻子死后，他唯一的亲人就是女儿了。只要措施得当，对案情的进展应该是有帮助的。

于是决定放成鹤远星期六回家，等星期天下午再带回公安局，并由沈一剑负责看住他。

为了不让成鹤远的女儿成瑶知道什么，沈一剑和社区的工作人员联系，要求大家配合做好保密工作。最后又要求朱浩瀚夫妇配合。因为邻居之间还好商量，现在的邻居，没有特殊情况是不太来往的，只要大家不要当着成瑶的面说三道四、交头接耳就可以了，而外公和外婆就不同了。

朱浩瀚为了外孙女的前途，当然也一口答应配合。

星期六下午，成瑶从学校回家了，可她回到家，出乎意料的是妈妈不在，而平时不在家的爸爸和一个陌生的叔叔却在家里。

成鹤远告诉女儿："市里有一个旅游团去新马泰，因导游安排不出，单位让你妈妈临时顶班带团去新加坡了。"

见成瑶不相信，成鹤远又向她介绍道："这位沈叔叔是爸爸公司里的，刚出差回来，因路上丢了钥匙，今天就在我家住一晚。"

成瑶叹了一口气，说："可是妈妈答应，说这个星期要带我去吃西餐呢！"

成鹤远道："瑶瑶，能不能让爸爸带你去？"

成瑶惊奇地问道："爸，你说的是真的？你可从来没有带我出去过啊？"

"是的，爸爸平时忙，今天，爸爸一定带你吃西餐！"

"好，太好了，我……我想请外公和外婆一起去，你答应吗？"因为成瑶知道，爸爸和外公、外婆关系一直不好。

谁知这次爸爸一口答应："好，和外公、外婆一起去！"但成鹤远心里有疑虑，岳父和岳母从来不肯和自己一起吃饭，这次，他们能答应吗？

没想到成瑶一个电话打给外公，外公却爽快地答应了。

一家三代乐呵呵地去西餐馆，要了个小包厢，沈一剑作为陪客，一直跟在成鹤远身边。

回到家里已经很晚了，成瑶洗漱后，回到房间里睡了，成鹤远和沈一剑洗漱后，回到房间，关上房门，他看着沈一剑，苦笑了笑，伸出了右手，沈一剑拿出手铐，把成鹤远的右手铐住，另一半铐在了床栏上。

第二天一早，成瑶就回学校去复习了。

回到公安局，成鹤远就承认了是自己把朱玉琰推下楼去的，他交代说："朱玉琰一边在窗台上擦玻璃，一边大声骂我，我忍无可忍，就扑过去，把她推了下去。"

成鹤远自己承认，加上楼下的邻居都听到朱玉琰的喊声，已经确定杀害朱玉琰的凶手就是成鹤远。

于是，沈一剑准备好材料，准备移交检察院，等检察院提起公诉后，法院就可以根据案情判决了。

然而，作为一个从事刑事侦查的职业警察，沈一剑心里，总感觉这桩案子有什么不对劲的地方。

五、四秒钟的速度

虽然顺利破获了朱玉琰被杀一案，但沈一剑心里总有一种感觉，却又说不清楚这种感觉是什么，他决定再和朱浩瀚夫妇好好谈一次。

沈一剑刚刚翻到朱浩瀚的手机号码，自己的手机响了起来，他一看，正是朱浩瀚打过来的，他一听，电话里的朱浩瀚急切地道："沈警官吗？我有事向你说明，你在单位吗？"

沈一剑道："我现在在刑警队。"

朱浩瀚赶到刑警队，一见沈一剑，就叫道："沈警官，成鹤远的案子可能……噢，不，肯定有误！"

沈一剑道："老先生别急，您慢慢说！"

朱浩瀚道："今天，成鹤远家的保姆从江西老家回来了，她听说朱玉琰被成鹤远从窗口推出去摔死了，呆了一会儿，说'不可能，成先生不会推她的'，还说朱玉琰一定是自杀的！"

沈一剑吃了一惊："怎么，自杀？"

"小保姆说，我女儿有严重的抑郁症，她曾陪我女儿去医院看过几次医生。”朱浩瀚说着，从包里拿出一本病历。

沈一剑接过病历，看了看，确实是朱玉琰的病历，里面记录着医生的看病记录，便摇了摇头：“那我们勘查现场时，也仔细搜查了朱玉琰的房间，怎么没有发现这些病历卡？”

“我女儿为了隐瞒患有抑郁症，再三吩咐小保姆不要对别人说，还把病历卡也放在了小保姆的房间里。”

“原来是这样。”沈一剑和刑警勘查现场的时候，虽然也到小保姆房间里看了一下，因出事前七天，小保姆就请假回江西老家去了，所以没有仔细搜查。想不到朱玉琰把病历卡放在小保姆的房间里。

“案发时，我正给我女儿家的座机打电话，而电话是成鹤远接的，当时在电话里，我还听到了我女儿的喊声……”

“怎么，你听到朱玉琰坠楼时的喊声？”

“是的，但毕竟喊声和电话筒有一段距离，加上我的耳朵不是很好，到底喊的是什么话，也没听清楚，但能听出是我女儿的声音。紧接着，成鹤远也惊恐地叫了一声，挂掉了电话！”

“那，你当时为什么不跟我们说？”

朱浩瀚叹了一口气，低下了头：“当我得知女儿坠楼死了，当时我确实以为是成鹤远推她下去的，事后，我仔细回想当时的情景，就感觉有点不对劲了。噢，这是我的手机，那些信息我从来没有删除过，也许对你们有用！”

沈一剑在成鹤远家的客厅里仔细勘查过，他清楚地记得，那台座机在靠北窗的电视旁边，而朱玉琰坠楼是在朝南的窗台，距离有十二点三米。如果说朱浩瀚在电话里听到了朱玉琰坠楼时的喊声，就说明成鹤远不可能一边接电话一边推朱玉琰的。

沈一剑向局领导汇报了情况，因事关重大，公安局领导要沈一剑继续调查，沈一剑就和张小刚先到医院，查看了朱玉琰的原始病历记录，发现朱玉琰确实患有严重的抑郁症。医生说：“因为这个病人到我这里接连来了三次，所以我对她印象很深，我每次都建议这位病人立即住院治疗，但她却说没事，还再三要我为她保密。”

沈一剑还到电信局查了通讯记录，发现朱玉琰出事那天中午十二点三十分二十秒，朱浩瀚的手机确实和成鹤远家的座机通过电话，通话时间仅四秒。

出事那天，沈一剑向目击证人也就是那些邻居证实过，朱玉琰坠楼是十二点三十分左右。虽然，十二点三米的距离，对一个成年人来说，来回奔跑只要几秒钟就能完成，成鹤远完全有能力在几秒钟内跑到朝南窗口，把朱玉琰从窗口推下，然后回到北窗听电话，但这样的话，朱浩瀚在电话里是绝对听不到朱玉琰坠楼时的喊声的。

张小刚说：“虽然这样，但成鹤远还是有时间作案的。”

沈一剑道：“说说你的看法。”

张小刚道：“当电话铃响起，成鹤远可以把电话拿起搁在旁边，然后奔到朝南窗口，把朱玉琰推下窗口，然后奔回北窗，拿起话筒，这样，朱浩瀚就能听到朱玉琰坠楼时的喊声了，同时又能听到成鹤远的声音了。”

沈一剑听了，不由笑了，他没有说话，只是脱下了自己的一只皮鞋，朝办公室外的走廊掷去，同时喝道：“小张，以最快的速度，把我的鞋捡回来！”

张小刚不知队长什么意思，但还是一个箭步，奔过去，捡起鞋，返身奔回。

沈一剑看着墙上的挂钟，笑道：“我刚才掷出的皮鞋的距离是十二米左右，你奔过去捡起鞋再跑回来，时间是七秒，以你一个受过专门训练的警察，十二米用了七秒，像成鹤远这样的普通人，十二点三米的距离，四秒钟奔个来回，显然是不可能的！”

“那，如果不是成鹤远把朱玉琰推下窗的，为什么他要承认？如果朱玉琰不是成鹤远谋杀的，为什么朱玉琰要在日记中记下那些成鹤远可能谋杀她的话呢？”

沈一剑道：“这就是人性的复杂性吧！”

六、婚姻和门当户对

明明不是成鹤远把朱玉琰推下楼去的，为什么他要承认谋杀了妻子呢？而朱玉琰的日记本上为什么又写得这么清清楚楚，说成鹤远要谋杀她呢？

张小刚向沈一剑建议，再提审成鹤远，问他为什么要承认谋杀了朱玉琰。

沈一剑道：“我们再把情况摸摸清楚再说吧，成鹤远既然承认自己谋杀了妻子，说明他已抱了必死的决心，如果没有确凿的证据，要他说实话是很难的！”

正当大家为案子费心费神的时候，朱浩瀚又来了。这次，他拿了一串钥匙，交给沈一剑：“沈警官，这是我女儿出事前几个月给我们留下的，她说这是她给瑶瑶留下的私房钱，放在了禾城路中国银行的保险柜里。昨天晚上我整理抽屉时看到了钥匙，才想起了件事，不知对你们查清这桩案子有没有帮助。”

沈一剑连忙和朱浩瀚一起赶到中国银行，打开保险箱，里面果然有一张写着成瑶名字的存折，还有一封密封的信，上面写着：“瑶瑶三十岁生日启。”

沈一剑知道，这封信是揭开谜底的关键，便问朱浩瀚道：“朱老先生，我能不能拆开这封信？”

朱浩瀚道：“我请你们来，当然是为了揭开这个谜团。”

于是，沈一剑拆开了这封本应该十年后才能让成瑶拆开的信。

亲爱的瑶瑶，我的女儿，当你拆开这封信的时候，你一定已经有了幸福的家，已经做了妈妈，而你命苦的妈妈，我，已经在九泉之下那么多年了，而你的亲生父亲——成鹤远，我想他一定受到了法律的制裁。这么些年来，你一定非常痛恨你的父亲，因为是他害死了妈妈。其实，事情并不是这样的，现在你读到这封信，就知道事情的真相了。妈妈是自己选择了死亡，而在死前把你父亲也拉入了地狱。这一切都是因为妈妈太爱你的父亲了，可是妈妈又恨你的父亲，因为他在外面有情人。爱情是容不得别人分享的……所以，妈妈就这样做了……瑶瑶，请你原谅妈妈的自私，让你失去了妈妈，又失去了爸爸……

成鹤远自从承认把朱玉琰推下楼去以后，显得非常冷静，这一段时间，除了吃就是睡。当沈一剑问他对朱玉琰的死还有什么话要说时，成鹤远摇了摇头，道：“沈警官，我都已经承认了，还有什么可说的！”

沈一剑道：“成鹤远，你难道就这样走了？你女儿怎么办？”

成鹤远抬起头：“我女儿已经长大了，她应该知道，今后的路该怎么走。”

沈一剑见成鹤远避而不谈朱玉琰的事，只好直截了当地向他说明：“据我们调查，朱玉琰并不是你推下楼去的！”

成鹤远大吃一惊：“你……你说什么？”

“成鹤远，我问你，朱玉琰坠楼的一刹那间，你在干什么？”

“我在接电话！”成鹤远脱口而出。

“是谁打来的？是什么事？”

“是我岳父打来的……”

“为什么你一直没提这件事？”

“我就是说了，又有谁会相信？朱玉琰坠楼时这一声大喊，谁还能说得清？岳父，他能为我证明吗？岳父一直看不起我，他总认为我和朱玉琰恋爱是想攀高枝。这次朱玉琰坠楼，他也一定认为是我推她下去的，因为没人知道，朱玉琰坠楼的一刹那，我正在接岳父的电话，而我岳父也没想到，就是在我接电话的一刹那，朱玉琰坠楼了！”成鹤远顿了顿，“说实话，朱玉琰当年冲破家庭阻力和我结婚，我是非常感激她的，我也非常爱她，虽然，她相貌平平，但当年的朱玉琰天真烂漫，我也特别喜欢她的气质，那气质远远超越了她的容貌。她还给了我信心，为我日后的事业发展打下了基础。这么些年来，我的事业成功了，但不知为什么，这两三年来，她完全变了，变得不可理喻，我几次试着想和她交流，但她那歇斯底里的样子，使我感到害怕，我们只要一见面，他就指责我，说我外面有女人，其实……唉，我……”

“你有什么难言之隐？”

“因为商场竞争、职场打拼，我是心力交瘁啊……”

原来，由于残酷的商场竞争，成鹤远心力交瘁，几年前，成鹤远得了病，朱玉琰以为成鹤远外面有了情人，故意冷落她，成鹤远几次向她解释，她都不相信。因为深爱的丈夫有了外遇，她终于得了严重的抑郁症，于是想到了死，为了死后能和丈夫在一起，在坠楼的一瞬间，她大喊：“成鹤远杀人啦！”

成鹤远道：“朱玉琰自杀，是因为我。如果，我不在商场拼命，而是过着平平常常的生活，我想，我们虽然不是很富有，但一定会生活得很幸福。朱玉琰的死，我确实有一定责任，所以，我想，我就跟了她一起走吧，以作为对她当年爱我的报答！而我的岳父，他是个正直的军人，但也是一个冷血的人，这么些年来，他从来没有关心过我，所以，我也恨他，我只不过是家里穷，家里穷难道就不能有自己的所爱吗？婚姻，难道真的一定要门当户对吗？”

沈一剑沉默了一会儿，道：“成鹤远，你知道吗？这次，就是你岳父提供了你无罪的证据！”

“我岳父？他提供的无罪证据？”

“是的，是你岳父！”

这些天来一直没有流泪的成鹤远忽然闭住了眼睛，两行眼泪流了下来。

后记：倾听灵魂的呼叫

写故事三十多年了，一直想出一个集子，闲暇之时，翻出满柜样书，粗略整理了一下，在全国省级故事刊物发表的各类故事有几百万字，大致分新故事、民间故事和抗战故事三类，有六百余篇故事作品在省级报刊发表，一百余篇故事作品在全国、省级各种征文比赛中获奖，一百余篇故事作品被各出版社选编，多篇故事入选《中国年度最佳故事》。于是挑出自以为满意的新故事三十篇，收入集子，作为一次创作历程的检阅。

平时经常和文友谈论文学，有人说，故事属“大俗”，因为故事着重的是情节，不讲究文字的精雕细琢，只要作品具有传奇，设置悬念，一波三折，环环紧扣，就能吸引读者。回顾自己的创作，感觉故事不仅仅靠情节吸引人，需要的不仅仅是出人意料的故事情节，除了融雅于其中，更需要一种内涵。而这种内涵，则能唤起读者共鸣、引起读者深思。达到这种内涵的高度和深度，首先需要作者自身的底蕴。作者的底蕴需要积累，而积累，得有个过程，或一年两年，或十年二十年。

一篇作品是不是有内涵、是不是厚重，就得看作品的主题。作者通过观察生活，积累了一定的材料，而面对一大堆材料，应该有所选择，然后提炼主题，主题是作品的灵魂，将灵魂蕴含在作品中，不能见其形影，但体现在人物上，却能听其声音。

作者创作新故事作品，目的就是通过笔下的人物，用反讽的手法揭示现实，并试图改变现实。因为文学工作者，总以为自己肩负着一种历史使命感，总想通过自己塑造的人物，来表述自己对现实的看法。虽然，文学的力量是非常渺小的，在现实生活中，既虚又弱。但作者就是靠这种虚弱的使命感支撑，通过故事的叙述和描写，试图感染读者，让读者倾听到故事中“灵魂”的呼叫。

三十余年来，作者在新故事创作中，受到前辈故事家的提携和关心，受到文学朋友的支持和相助，还有两位文学小友沈一和沈剑的拥戴，使作者在冷清的文学创作路上热情不衰、在孤独的文学创作路上倍感温暖。创作三十余年，虽发表、获奖甚丰，但自忖作品不足以成书。感谢中共桐乡市委宣传部、桐乡市文学艺术界联合会的支持，使作者出版了第一部新故事专著。最后特别感谢故事名家郁林兴先生拨冗作序，为《情系黄蜂山》简陋的蓬门荜户增添了光彩！